把自己活成一道光
因为你不知道
谁会借着你的光
走出了黑暗

请保持心中的善良
因为你不知道
谁会借着你的善良
走出了绝望

请相信自己的力量
因为你不知道
谁会因为相信你
开始相信了自己

请保持心中的信仰
因为你不知道
谁会借着你的信仰
走出了迷茫

愿我们每个人都能
活成一束光
绽放所有美好

—— [印度] 泰戈尔
《用生命影响生命》

周艳泓

（著名歌手）

她说

　　一个人的好状态是怎么样的呢？我想到了三个词：自由、自在、自足。这也是我读完《做自己的光》一书后的感想。它是一本适合在睡前品读的书，足以抚慰我们的心灵。

　　曾经，我们如此渴望命运的波澜，到最后才发现：人生最曼妙的风景，却是内心的淡定与从容。当我们习惯于用外界的事物来填补内心，就容易产生执念，得到的只有痛苦和抱怨。心有分别，就会生出好恶与烦恼。当我们了悟其中的真谛，没有了分别心，就会发现，其实我们所经历的人和事，都没有绝对的好坏、对错之分。

　　时光荏苒，愿我们随遇而安、保持坦然，方能平和通达、自得其乐。

蒋小涵

（著名演员，主持人）

她说

以四季划分章节，多么精妙：明艳而俏丽，如春；绚烂又热烈，犹夏；丰盈且扎实，若秋；清醒并深刻，似冬。这既是我眼中的璟依，也是璟依笔下的人生。

痛苦是戴着面纱的礼物——璟依在经历了人生的至暗时刻之后，涅槃重生。她也将自己的经历整理成了温暖真诚的文字，分享给大家。

对于大多数女性而言，年龄焦虑、容貌焦虑在所难免。虽然我们无法改变自然规律，可是对"美"的定义、对自己的评价标准，最好还是交由我们自己。那么，女性最好的状态是怎么样的呢？我想，应该是：眼里有光，心中有爱，袋里有钱。

其实不管是男性还是女性，我们都不应该被社会标签所约束。更重要的是，我们要作为独立的个体，去绽放自己的生命，实现自己的价值。努力朝向一个方向，看，前方仿佛若有光！

王曼郦

（亚太杰出女性联合会主席）

她说

  欣闻璟侬的散文要出版，惊叹之余真心恭喜。恭喜著作将成为读者和朋友们未来生活的经典和修炼灵魂的手册，也祝福璟侬的未来充满光彩和荣耀！

  在我心里，璟侬是智慧与美貌、才情与豪情并存的女子——人品与才华如同一座宝藏，无穷无尽——就连她的文字也充满感性的特质，向大家传递着一种关于爱与生命的理念和精神境界。

  希望大家都能读一读这本《做自己的光》，也祝福所有的朋友们在未来的日子里能做自己的光，自信坦荡，光芒万丈！

洪子晴

（洪氏资产管理有限公司主席，慈善家）

她说

人生不要轻言放弃，问题总有方法解决。不易的人生需要一点曙光引导，所以璟侬借用"光"指引自己的人生方向，她的自我激励与乐观行动，可以启发更多青年人积极向上。

我们一定要相信：前途是光明的、有希望的。

在找到目标与方向后，我们就要正直地勇往直前，秉持正知、正念、正能量。我们来到这个世界，就要创造价值与美好，造福百姓。如此，我们的人生才有意义！

金巧巧

（著名演员）

她说

璟依是一位美丽善良、聪慧坚强的姑娘，可以说是人生幸福、事业成功。她是我眼中真正的"白富美"，和我有着"神仙友谊"！

我眼中的她是一位大忙人，忙着照顾孩子、忙着学习提升、忙着打拼事业。令我意想不到的是，如此忙碌的她，居然还腾出时间出版了新书——《做自己的光》。读了她的散文随笔，我不只是欣赏她的文笔，更是参悟了她对人生更深层次的思索。《做自己的光》一书，文字有温度、内容有深度、思想有高度。

细细一想，我入行已经三十年。随着岁月积淀、阅历增长，我也时不时地涌出一股念头，想写点文字记录心得……只是，思来想去，并未写成。因此，我更要恭喜璟依，在每天忙得不可开交的同时，还能静心书写并结集成册。

让我们成为一个阳光的人，风和日丽时温暖别人，寒风刺骨时温暖自己。去交让你开心的朋友，去爱不让你流泪的恋人，去做不论大小的努力……生活应该是美好而温柔的，你也是。祝福秀外慧中、冰雪聪明的璟依：继续乘风破浪，诸事如愿！祝福读者朋友们：事随人愿，蒸蒸日上！

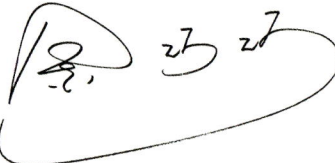

左小青

（著名演员）

生命本是荒漠，注入明月疏影，就成了丛林之姿；汇入缱绻细流，便是原野的烂漫。这一桩桩皆能成诗，一件件亦能成画，轮回一年四季的生涩与美好，值得一品再品。这便是书中柔软处。

初闻璟依有新作，我不免讶异，后细问了详情，便觉合理。她是可以将经历烙印成诗的人，娇小的身体里蕴藏着强大的生命力。这本书是在言她，读完整本后我确信，我亦在书中找到了自己。

人生如梦，当活出几分清醒。

推荐序·二

柳婉琴

（Lady Boss 创始人，畅销书《开口就是影响力》作者）

她说

如果你正在经历人生的挫折困顿，需要一个心灵的能量加油站；如果你想清醒地看待周遭的世界……你可以打开璟依的这本新书——《做自己的光》。璟依用细腻的笔触、灵动的文字，传递着积极阳光的"她力量"。

这个世界上，每个人都有自己的经历。无论什么时候，都请相信，能治愈我们的只有自己。当我们认识到自己内心本身就是圆满，那我们就会获得更好的爱情、事业和生活！

做自己的光，在心里种花，人生才不会荒芜……

小姨，一个在我生命中扮演着重要角色的人，一直是我生活中不可或缺的存在，是上天赐予我的一份最珍贵的礼物。她不仅是我的亲人，更是我的朋友、导师和榜样。

从小在部队大院长大的我，虽然有小伙伴的陪伴，但父母和我在一起的时间屈指可数。爸爸在部队工作，和我聚少离多，妈妈不是去俄罗斯就是去意大利等地出差。我的成长之路离不开姥姥和小姨的陪伴。前者无微不至地照料着我的日常起居。后者嘛，角色略微有些复杂。她和我是无代沟的同龄人，是可以一起疯的玩伴，是娇纵宠溺我到极致却又对我严格要求管束的大家长。

从小我就跟着小姨去工作，出席各种活动，也结识了各界名流。越长大越敬佩于她小小身躯里蕴藏着的仿佛裂变般巨大的能量。不管是投资医疗还是数字科技领域，抑或是参与金融板块，小姨都是自己先努力学习，并能做得游刃有余、风生水起。

小姨勤奋好学，对待工作一丝不苟，对待家庭亦是尽心尽力。我看到她的独立坚强、清醒自信，学到她的勇敢追求、不畏艰难。她的言传身教也影响着我的为人处世、言行举止。小姨是我人生路上的明灯，她用自己的经历告诉我，人生的道路并非一帆风顺，但只要我们勇敢面对，坚定信念，就一定能够走出属于自己的精彩人生。在她的启示下，我学会了坚持，学会了拼搏，也学会了珍惜。

祝福我亲爱的小姨继续光芒万丈，愿读者们在本书文字的照亮下亦能闪闪放光，愿我们一起做自己的光，温暖自己、照亮他人！

Joyce

香港浸会大学理学双硕士；中国香港特别行政区卓越表现奖学金获得者；以学生代表身份出席中国香港特别行政区第五任行政长官林郑月娥女士施政报告演讲会；曾赴哈佛大学、牛津大学交流学习；香港义务工作发展局志愿者。现为香港金融行业从业者。

黄 奕

（著名演员）

很开心为璟侬的新书作序。这是一本关乎自我觉醒和人格独立的书，适合送给所有女性！

女性首先是自己，然后才能成为任何自己想要成为的样子。

我们在生活中会遇到很多人，有人带来童话，有人带来黑暗。

面对外界的质疑和嘲讽，请坚定自己的信念，多花时间专注在自我塑造上，拒绝情绪内耗，把人生主动权紧紧握在自己手中。

虽然人生从来都不是一帆风顺，但请务必千万次救自己于水火之中。

在人生最黑暗的那段日子里，是我把自己从深渊里拉出来的。所以，大家哪怕一时陷入低谷，不要害怕，坚持下去终会触底反弹。风霜阅尽，不负成长。

做自己的光，你未必光芒万丈，但始终温暖有光。人生本就是一场体验，请大家尽情散发自己的光芒！

杨钰莹

（著名流行音乐歌手）

听闻璟依有新作，欣然翻读了一番，内心生出许多触动和共鸣。

每个年龄段的女性都有她独特的魅力：20岁，肆意洒脱；30岁，活力绽放；40岁，知性优雅；50岁，风轻云淡；60岁，通透豁达。不变的是，每个女性的心里都住着一个女孩。那就让我们去守护自己的那份纯真和善良，接受一切自然发生，去和岁月做朋友。你要相信，时光且长，我们终将长成想要的模样，拥抱独属自己的未来。踮起脚尖靠近太阳，没有人能阻挡你的光。

说到"光"，我尤其喜欢书名"做自己的光"。我们可以努力用行动去点亮自己，也可以仅仅是推开门迎着阳光思考、微笑。面对负面情绪，我们可以去感受它，但不要沉浸其中。再回首，心有繁花，一路芳华。《做自己的光》给我们带来了正面思考的范本。

命运既有顺境也有逆流，感谢过去所有的经历，造就了如今的我们。祝福我们都能做自己人生的追光者，接受生活的喜乐和无常，活出生命的辽阔与自由。

导读

这是一位与我相识十几年的女性——她见证了我的成长，我走过的每一步。我也见证了她的成长，从当初那个天真青春的新手妈妈，到如今坚定不移地走向更远、更高目标的她。

是的，这样一位优秀的女性是我妈妈，更是她自己。

她牵着我的手，一起看这万千世界。除了这片华夏土地外，那个浓郁的艺术气息与宜人的地中海气候交织的欧洲，是她带我看世界这本书的第一章。再往后，她又带着我读了好多篇章，而香港与深圳这两章，是内容最为丰富的。

我钦佩于她的坚韧和勇敢。她教导我为人处世、管理组织，对待这世间万物的道理态度，以至如今的我也有一丝她的影子。在这两座城市里，我们都在共同成长。从2018年那个炎热的盛夏，到2024年这个希望与未来共进的春分，我们走过了很长很长的一段路——这段路崎岖、坎坷——但是，她带着我们跨过了那段最黑暗的日子。黑暗过后，便是黎明，而黎明前的夜，最难熬。是的，我们走过来了。

如今，我也在一步一步走向这个世界，即便她逐渐松开我的手，让我学会独自踏上新的旅程，但是她对我的影响是永久的。无论往后遇到怎样的挫折困境，我都会想起她对我的教导，她跟我说："不要怕，向前走，向着未来。"

她不仅仅是我的母亲，更是一位伟大的女性。从当初的稚嫩到如今的游刃有余，我相信背后更多的是泪水和汗水。但即便这条路如此艰辛，她依然坚定不移地踏向她人生中新的征程。

我们曾走过这世界的许多地方，曾穿越大半个中国华北至东南沿海，未来我们还有很长的路要一起走。

妈妈，做自己，站在那最高的山巅！

让我们一起，不慌不忙做自己的光，点亮自己、温暖别人！

Emma 心悦

2岁11个月时参加中奥建交33周年庆，并在奥地利维也纳金色大厅演出，是至今为止在维也纳金色大厅参演年龄最小的中国人；3岁作为中国新加坡文化交流小使者参加中新百名童星文化交流演出；4岁参加北京广播电视台网络频道少儿春晚；参加成龙"和平、友爱"北京工体慈善演唱会；赴韩国首尔参与拍摄MV《熊猫先生》；参与"母亲水窖"爱心公益盛典、"寻找最美儿童"等公益活动；参加由中央电视台发起的"爱的分贝"为聋哑儿捐款慈善晚宴等。

BE YOUR OWN
LIGHT

璟 依 · 著

浙江人民出版社

自序

    我是一个娇小玲珑的女生，所有认识我的人都以为我是江浙水乡的女孩。其实，我出生在北方，祖籍是山东。

    我性格直率、脾气火暴，耿直率真、爱憎分明。

    我喜欢小朋友，所以一离开校园就自己创办了幼儿园。

    我喜欢陪伴孩子们成长，有两个宝贝女儿，从没有请过月嫂、阿姨照顾她们。

    我喜欢用文字表达自己的喜怒哀乐，从小喜欢写日记的我现在仍然喜欢用文字表达情感。

    我喜欢宅家收拾烹饪美食，所以我比家里阿姨更清楚家中物品的摆放，我的宝贝们和身边至亲的人都喜欢吃我做的饭菜。

    我喜欢弹琴舞筝、安静独处，可现实不得不让我忙于事业应酬。

    于是，常常觉得自己处于崩溃分裂边缘，却缘于责任和义务不得不努力向前。每个人的一生，都有属于自己的无奈和苦衷。所以，我们更要努力回归真实的自我，找到生命的本质。

    我想告诉大家的是：人生真的没有什么是过不去的。回头想

做自己的光

想,其中的不易,也是自己的另一种收获。成人世界里,每个人都各自承担着责任和压力。

哪一年不都是深一脚浅一脚的一年,哪一年又不是悲欢交集的一年。生命的年轮本就是由形态各异的经历组成,人生聚散无常、起落不定,但是走过去了,一切便从容。

无论是悲伤还是喜悦,翻阅过的光阴都不可能重来。曾经执着的事如今或许不值一提,曾经深爱的人或许已成陌路。这些看似浅显的道理非要亲历过才能深悟。

这些年来,书前的你,过得还好吗?若美好,是精彩;若糟糕,是经历。不管怎样,我们都要怀着感恩的心态去面对,那样才能吸收更多的美好和正能量。不管何时,我们都要坚信,越努力越幸运。不辜负大好时光,去做最能实现自我价值的事,诠释好自己人生中的每一个角色。

现在,有了出版《做自己的光》一书的契机,我把激励着自己的感悟和心情,也分享给你。希望它们化作点点星光,也期待我们都能成为自己的光,照亮前行的路!

写给

　　　　　　　　　每一位

翻开这本书的

一路走来，
你已经不知不觉熬过了很多苦，
练就了一个一边崩溃一边自愈的你。

想说，对不起，让你吃了那么多苦，
对不起，
一直逼自己要坚强。

想说，对不起，常常让你在深夜里无法入眠，
对不起，
你和全世界都能和解，唯独无法与自己和解。

想说，
谢谢你，没有放弃。
谢谢你，没有喊痛。

今后的日子里，
愿你拥有四样东西：

扬在脸上的自信，
长在心里的善良，
融进血液里的骨气，
刻在生命里的坚强。

　　时间最是无情,不管你有多少不舍和遗憾,都只能继续往前走,不能回头。回望过去这些年,你经历了很多不愉快的事。可能被人算计过,可能被人打击伤害过,几乎要对人心绝望。你怎么也没想到,从来不对人设防的自己,会在没留神的时候,被人狠狠绊一跤;没想到自己的掏心掏肺,会换来别人在你心上插一刀。

　　在你要放弃善良的时候,也总有人及时出现给你温暖,也许是亲人,也许是爱人,也许是朋友,甚至是一个陌生人,让你再次相信这个世界上虽然有阴暗的角落,但更多的是愿意照亮你的人。因为他们,你对这个世界依然心存热爱和希望。

　　这些年,你遇到过很多困难和坎坷,一个人害怕过、失眠过、流泪过,好多次都觉得日子再也好不起来了。你想要的并不多,但生活怎么就这么难?!

　　但不管遭遇了什么,你都撑了过来。因为你知道,人生不如意十之八九,最终也只能自己去走。未来或许不会一帆风顺,但也绝不会一直处在黑暗中。越是熬不过去的时候,越要坚持,没准一转身就是柳暗花明。

做自己的光

　　这些年，有晴也有雨，有笑也有泪；很快，又好像很慢。不管好与坏，它们都已经过去。明天就是崭新的一天，过去的就让它过去吧。

　　这些年，为小事生气过，为大事紧张过，为烦心事委屈过，为开心事高兴过。曾经以为过不去的事，全都过去了；曾经那些想停留的美好，也全都过去了。别担心也别害怕，该来的总会来，只要你用心经营生活，就不会过得太差。

　　珍爱身体。没有健康的身体，就没有美好的未来；拥有健康的体魄，才有资本去工作、生活、娱乐。一个连自己身体都不珍惜的人，等于掐断了自己的明天。从今天起，少抽烟、少喝酒，别吃劣质、过期的食物，把日子过得精致一些，不要久坐，不要熬夜。

　　疼爱伴侣。一年两年，五年十年，美好的爱情就是两个人相互携手，走过漫漫人生。美好的婚姻是有甜蜜也有苦恼，有牵挂也有吵架。婚姻不吵架，就像一顿没有调味剂的饭，无滋无味。吵完架还陪着你的人，是一辈子的伴侣。从今天起，以后的每一次困难都坚持一起走过，每一次浪漫都学会感恩，每一次吵架后都要彼此更珍惜对方。

　　关心孩子。孩子是上天给我们的礼物，一不小心，他们就会长大。

过去，我们加一次班，就少了一次陪他们的时间；我们多一次误解，就让彼此煎熬很久。从今天起，以家人为重，陪他们看看日出日落，陪他们谈谈人生理想。一辈子不长，珍惜这段血浓于水的亲情。

孝敬父母。这个世界上，除了家，所有的地方都是远方，父母生我们养我们，耗尽心血，是那双有力的大手搀扶我们慢慢成长，是那双温柔的眼睛呵护了我们每个日夜。从今天起，若父母在世，一定加倍孝敬；若父母已在天堂，一定要永远地祝福和思念。

会会朋友。没有朋友的人生等于一潭死水，挚友三五个就好。土豆拉一车，也不如拥有夜明珠一颗。人要学会回馈挚友，这世上没有人会无条件地一直帮你。从今天起，有空就约约好友聊天，逢年过节送上问候，大事小事都记挂着挚友。

常去旅行。不去看看这个世界，你的眼界永远都会受局限，不去体会丰富多彩的人生，你的世界永远都那么苍白无力。看风景也看人心，身体和灵魂，总有一个要在路上。你看过的风景，你走过的路，你读过的书，都会藏在你的气质里。

笑口常开。活在世上，最可怕的不是遇到过不去的坎，而是遇到了坎，你不知道怎么面对。哪有那么多操心事，有的只是你不懂面对的心态。笑一笑，十年少。人活一世，淡然就行；人这一生，笑笑就好。从今天起，宁愿笑也不要生气。

做自己的光

时间啊,就像河流,每分每秒都在奔流不息。身处河流之中的你,有时会遇到泥沙的浑浊,但有时也会遇上水草的浪漫。

别在乎别人怎么说,别急着抱怨生活,只管迈开步子往前走,一切都会越来越好。愿你扬鞭策马,且歌且行且从容。

目　录

第一章　春风十里不如你 _001

　　三　月 _002

　　四　月 _015

　　五　月 _031

第二章　生如夏花 _043

　　六　月 _044

　　七　月 _065

　　八　月 _079

第三章　秋日微风 _093

　　九　月 _094

　　十　月 _107

　　十一月 _122

第四章　穿越寒冬拥抱你 _147

　　十二月 _148

　　一　月 _169

　　二　月 _182

后　记 _208

第一章

春风十里不如你

三月

在暖风醉人的三月里,

以努力的姿态不负春日好时光。

愿我们今日的匆匆,

换来明日的从容。

早春三月，惊蛰吉日。

万物复苏，万象更新。

惊蛰至，万物生机盎然。

用酝酿已久的新生，扫尽一切冬日阴霾。

愿所有的小美好与春天一同醒来！

世界纷纷扰扰，带着些许灰蒙蒙的气息。

幸好有惊蛰，

驱散冬日的灰暗，

惊醒明媚的春阳。

惊蛰，启蛰。

愿你向上、向美，

拥有一个全新的开始！

◆·◆·◆·◆·◆·◆·◆·◆·◆·◆·◆

我们总是抱怨生活的压力太大：

工作，家庭，金钱，甚至爱情，

做自己的光

本该是生活的快乐所在,

却变成了背上的枷锁。

习惯面无表情地生活,习惯让自己的心很硬很硬,

甚至忘记了这个世界上还有一种东西叫幸福。

其实,幸福很简单,

如果你不那么匆匆,

如果你用爱的目光,

如果你有足够的宽容,

幸福真的离我们很近。

那么,什么才是幸福呢?

幸福就是可以把握住现在的拥有。

✦·✦·✦·✦·✦·✦·✦·✦

幸福是件不容易的事。在钢筋水泥的城市森林中,很容易就会产生一个人活着的孤独感。

不过,请永远不要灰心,无论是好的抑或是不好的时光,总有人羡慕你的生活。即便没有人懂得，你就是你，不是这世界上另外任何人。

除了自己，你其实无须对这个世界有所交代。

亲爱的，前方的路还很长，不要带着太多沉重上路。

再美好的东西，如果已成负担，也请咬牙舍弃。

我们所能做的，无非就是：

醉笑陪君三万场，不诉离伤！

◆·◆·◆·◆·◆·◆·◆·◆·◆

生命只有一次，哪有那么多时光用来说"我不会""我害怕""我不行"……

用尽全力，去做你想做的事，成为你想成为的自己。

◆·◆·◆·◆·◆·◆·◆·◆·◆

做自己的光

强行握在手中,这是执念。

摊开手掌依然不会流走,这才是拥有。

✦·✦·✦·✦·✦·✦·✦

所有的卓尔不群,都是逼出来的;所有的轻松生活,都是熬出来的。

如果你人到中年,被生活压得喘不过气来,不妨问一问自己,在之前的十多年中,自己是否贪图安逸。

为什么,不要贪图短期的无忧无虑?为什么,不要迷恋得过且过的人生?

只是为了有朝一日,在面对生活的刁难时,自己有足够的能力去应对。

也有足够的底气说,"岁月不饶人,我亦未曾饶过岁月"。

✦·✦·✦·✦·✦·✦·✦

三 月

有时候，你得停一下脚步，等一等心灵，让心情平和，想一想自己生活中拥有的所有美好的东西。

❖·❖·❖·❖·❖·❖·❖·❖

时间，验证了人心；金钱，见证了人性；交往，辨别了真假。
没有过不去的经历，只有走不出的自己。
人生，没必要总是怨自己，
努力了、珍惜了，问心无愧就好！

❖·❖·❖·❖·❖·❖·❖·❖

世界的模样，取决于你凝视它的目光；
自己的价值，取决于你的追求与心态。
一切美好的愿望，
不是在等待中拥有，而是在奋斗中争取！

做自己的光

人生路遥，道阻且长，我们要先拨云见日，把内在的自我释放掉，才有可能获得更加幸福且圆满的人生。

◆·◆·◆·◆·◆·◆·◆·◆

你总要放弃一些什么，坚持一些什么，最后，才会和想要的什么相逢。

人生是一场灵魂的洗礼与修炼，并非身体的享受和物质的盛宴。

去做自己想成为的那个人，永远别嫌晚。

愿你在每一个清晨感受到，阳光很暖，风很甜。

万物可爱，人间值得。

◆·◆·◆·◆·◆·◆·◆·◆

人生就应该选择重要的，放弃次要的。

在不同阶段，清楚自己想要的是什么，

做自己应该做的事，

三月

把时间和精力放在对的人和事上，
才是聪明之举。

◆◆◆◆◆◆◆◆◆◆◆

生活就像抖音，你关注什么就会给你推送什么，
所以一定要关注美好的人和事，给自己创造一个美好的磁场。

◆◆◆◆◆◆◆◆

人生不在于开始多少计划，
而在于完成多少事情。

◆◆◆◆◆◆◆◆◆

回想过往经历就像一场梦，
从此后的每个春天，愿我们不负春光，繁花深处见。

做自己的光

❖❖❖❖❖❖❖❖❖

不管工作多么繁忙、生活多么艰辛,

读书和听音乐对我来说始终是极大的喜悦,

唯独这份喜悦任谁都夺不走。

❖❖❖❖❖❖❖❖❖

当灵魂有了深度,

美貌只是附加在灵魂之外的收获。

人都会变老,

但才华和气质会让人一生追捧。

纵有千千晚星耀眼,

不敌灼灼月光焕发!

❖❖❖❖❖❖❖❖❖

三月

人一辈子就是个过程,

没有永恒的生命,也没有不老的青春。

时间已到,该老的老、该走的走。

我们最终也不过是,世间的过客。

既为过客,又何必执着。

❖·❖·❖·❖·❖·❖·❖

最受欢迎的女人往往是外表小女人,内心大爷们。她们既有柔弱到人人想保护的外表,又有豪迈直爽令人愉悦的性格。

而这世界上最受欢迎的男人往往是外表糙爷们,内心细腻温柔。他们既有强有力的臂膀,又有体贴入微的心房。

女人可以柔软,但内心要独立坚强。男人可以豪迈,但灵魂应细腻动人。

❖·❖·❖·❖·❖·❖·❖

做自己的光

什么是白富美?

洁身自好就是白,

自力更生就是富,

内外兼修就是美。

◆·◆·◆·◆·◆·◆·◆·◆·◆

你满身星光向我奔来,

我必然赠于你无尽星河。

总有一些时候需要与懂你的人聊聊心事,彼此开解。

有一种感情叫作女生们的惺惺相惜和彼此守护。

◆·◆·◆·◆·◆·◆·◆·◆·◆

祝福所有女子在每个年龄段都有乘风破浪的勇气,

活出最飒的自己。

二十而立,三十随意,

三月

四十美丽,五十还有小欢喜。

❖·❖·❖·❖·❖·❖·❖·❖

那年春三月,我迎来了自己的又一位小天使……

我亲爱的小天使:

从来没有想过生命中竟会出现一个你。

最奇妙的是在你快出生的时候,发现我两年前不用的旧手机里,不知在什么情况下竟然写下你的中文名和英文名。

你的出生一定是人生必然的经历。

你在我肚子里快两个半月,我才知道又有了一个小小的生命。

六个半月照 B 超的时候,第一次看到了你的笑脸。

大家都说,你就是带给我们欢乐幸福美好的小天使。

因为你的到来,让当时重病的姨妈重新有了活下来的动力,

因为你的到来,让我在这个世界上又多了一份牵挂和责任。

谢谢你从出生到现在,每一天带给我们的美好,不想让你长大可又盼望你长大。

做自己的光

愿我们可以更多地陪伴你,愿你被这个世界温柔以待。

✦·✦·✦·✦·✦·✦·✦

我们总是说我们在无条件地爱着孩子,其实孩子也在无条件地爱着我们。

他们可以承受我们的脾气,事过之后依然天真无邪地对我们微笑;他们可以承受我们的错误,事过之后依然会紧紧地拥抱我们。

孩子会毫无吝啬地向我们表达自己的情感、欢喜、笑容,面对这么可爱的孩子,我们怎么可以不让自己的情绪变得更平和一些呢?

四月

染一季芳华,催一树花开。

把岁月打磨成诗,过我梦想般的生活。

做自己的光

四月蕴藉着希望和温暖，

困难总会过去，

别担忧、别惊慌。

将生活整理成你喜欢的模样，

坦然以待你所遇到的一切。

去感受时光的惊艳，

去感悟生命的脉动。

四月之所以美好、富饶，

是因为它经历了最后的料峭。

炊烟袅袅，繁花妖娆。

当春天鲜花开满墙，

所有美好，如愿以偿。

✦·✦·✦·✦·✦·✦·✦·✦·✦

人生一程有着一程的风景，

生活一天有着一天的故事。

四月

学会释怀遗憾，学会从容而行。

人生岁月静好也罢，生活一地鸡毛也好，

都不过是生命的历程。

经历就是财富，

于人生中浅喜生活，

于生活中深爱人生。

慢慢懂得珍惜拥有放下过往，

唯有在人生的道路上砥砺前行，

才能抵达梦的彼岸。

唯有在人生的风雨中修炼内心，

才能淡定从容。

❖❖❖❖❖❖❖❖❖❖

走过的路长了，遇见的人多了，经历的事杂了……

不经意间我们会发现，人生最曼妙的风景是内心的淡定与从容，

头脑的睿智与清醒。

做自己的光

人生最奢侈的拥有是一颗不老的童心，一个坚定的信念，一个健康的身体，一个牵手的爱人，一个自由的心态，一份喜欢的工作，一个安稳的睡眠，一份享受生活的美丽心情。

❖·❖·❖·❖·❖·❖·❖·❖

花开花落，缘起缘灭，再回首已是沧海变桑田。
多少人败给了等待，多少情败给了似水流年？
若说没奇缘，今生偏又遇见他。
花开的时候最珍贵，花落了就枯萎。错过了花期花怪谁，花需要人安慰。生活中，别抱怨幸福总是和我们擦肩而过。人生，就是一趟没有回程的旅途，珍惜眼前人。

❖·❖·❖·❖·❖·❖·❖·❖

人生淡然如花，自然一路芬芳。
花红不为争春春自艳，花开不为引蝶蝶自来。

花儿的岁月，默默地生长，静静地开放，优雅地生活。

不求大红大紫，只愿春来次第开，春归渐入尘。

一生美丽便是不枉，蝶来蝶去随蝶意。

静守一方天空，安度一春岁月。

无意于得，自然无所谓失。

人生的美丽，不在于争，而在于守。

虽然我们不能决定自己生命的长度，但可以拓宽它的宽度；

虽然我们不能改变容貌，但可以展现笑容；

虽然我们不能控制他人，但可以掌握自己；

虽然我们不能预知明天，但可以把握今天；

虽然不能事事顺利，但可以事事尽力。

做自己的光

人到了某一个阶段,生活就会开始给你做减法。

拿走你的一些朋友,让你知道谁才是真正的朋友。

拿走你的一些梦想,让你认清现实是什么。

当你能看着自己忙里忙外,成为自己生活的旁观者,你才能找到自己的节奏。

✦·✦·✦·✦·✦·✦

不必轻易羡慕别人的生活,因为镁光灯的背后,都曾有过一段不为人知的艰难岁月。

✦·✦·✦·✦·✦·✦

今天下雨了。拿起雨伞的那一刻,明白了一个道理:

跟雨伞学做人,跟雨鞋学做事。

雨伞说:你不为别人挡风遮雨,谁会把你举在头上。

雨鞋说:人家把全部都托付给了我,我还计较什么泥里水里的。

四月

学会感恩,学会付出,学会担当。

◆·◆·◆·◆·◆·◆·◆·◆·◆

一个真诚的人,走到哪里都有人喜欢。因为说话认真,做事用心,为人诚恳。

一颗善良的心,和谁相伴都能长远。因为懂体谅,懂包容,懂尊重。

人这一生,

好名声,是用有情有义赚来的;

好感情,是用实心实意换来的;

好人品,是用一辈子去打造的!

做人一定要真诚为先;心灵一定要善良为本!

◆·◆·◆·◆·◆·◆·◆·◆·◆

奋斗是这么个过程,当时不觉累,事后不会悔。

走一段再回头,会发现一个更强的自己,宛如新生!

做自己的光

◆·◆·◆·◆·◆·◆·◆·◆

珍惜当下的一切,保住身边的拥有。

◆·◆·◆·◆·◆·◆·◆·◆

行动,是打败焦虑的最好办法。
当你不知道该做什么的时候,就把手头的每件小事都做好;
当你不知道该怎么开始时,就把离你最近的那件事情做好。

◆·◆·◆·◆·◆·◆·◆·◆

我们大部分人都是这样,普普通通,没有光环。想要什么,就得凭自己的努力去拿。遇到事情,就得靠自己生生地硬扛。都是大人了嘛,谁比谁轻松?
不要羡慕戏里的主角,好的电影靠的是剧本;好的剧本,抄袭的是人生。电影可以省略,可以快进,但人生需要煎,需要熬。

花有花期，人有时日；

怀爱有诚，静待来日。

所以啊，走自己的路，做自己的光；

多塑造自己，少研究他人。

做自己的光

所以大家才是真正的勇者。

生活，不会让谁。不过别绝望，每个人都在负重前行，探索人生。

走得慢没关系，一直往前走的人，都值得尊重。

·······

没有不可治愈的伤痛，没有不能结束的沉沦。

所有的失去，都会以另一种方式归来。

·······

渔夫在出海前，并不知道鱼在哪，但还是会选择出海，因为相信会满载而归。

很多时候，选择了才有机会，相信了才有可能。

·······

能感动人心的,永远不是语言——而是行动。

能始终如一的,永远不是伪装——而是真诚。

✦·✦·✦·✦·✦·✦·✦·✦·✦

相互迁就才最长久,相互奔赴才有意义。

✦·✦·✦·✦·✦·✦·✦·✦·✦

山山水水,皆是一来一去;

人生无常,心安便是归处。

✦·✦·✦·✦·✦·✦·✦·✦·✦

最爱音乐,一直觉得音乐是人类最好的发明。戴上耳机就与这个世界剥离了,然后一个又一个不同的世界从我的大脑里穿过。单曲循环时,思绪可以无限飘远,体验另一种美妙的存在。

做自己的光

◆·◆·◆·◆·◆·◆·◆·◆

人与人之间,往往是相互的。爱人者,人恒爱之。
愿我们都多一份共情和尊重,多一份善意和体谅,做一个温暖纯良之人。

◆·◆·◆·◆·◆·◆·◆·◆

一个人的成熟,不是显山露水、大肆宣扬自己,
而是从容不迫,低调坦然。

◆·◆·◆·◆·◆·◆·◆·◆

一个人最高级的智慧是懂得和解:
与敌人和解、与亲人和解、与自己和解。
不让情绪堵在身体里是对自己最好的爱。
相逢即是缘,遇见,是一切美好的起源。如果没有遇见,那个人

的好坏与你无关。

这世间最美的哀思或许是,雪花离开天空时的眷恋不舍,蜻蜓划过水面时的意犹未尽,抑或是群芳凋零时的无声叹息。

❖·······❖

人生聚散生命来去,在漫长岁月里有些人有些事经过时间洗礼,成了你窗前的云朵抑或是一缕清风,只是轻轻走过无牵无挂。

而有的呢?

则成了一种幸福快乐,从习惯变成依赖,入心入骨,铭心刻骨的牵挂。朝暮相守是温馨,离别小聚却也是幸福欢乐。

人生有很多美好的偶然,生命中总会遇到一些匆匆的过客,或许是因为前世的一点薄缘才有了我们短暂的交集。

相遇不必惊喜,也许转身就消失了踪迹;离别也不必叹息,因为我们会遇见那个更好的自己,以赴最美的约定。

❖·······❖

做自己的光

说话是一种本能，懂得说话的分寸，则是一种本事。
忍住自己的口舌之欲，才能让我们在生活中如鱼得水，游刃有余。
人生在世，藏好自己的表达欲，少说话，多做事，在低调沉稳中默默前行。

◆·◆·◆·◆·◆·◆·◆

岁月匆匆步履缓缓，人生一半努力一半随缘。
奔赴星辰大海，更要懂得随遇而安。
不必每时每刻让自己肩负重担，偶尔许自己一段温婉时光，全然放空自己。
暮来朝去，心静身闲。
通透的人生未必繁花似锦，但一定过得平和安然。

◆·◆·◆·◆·◆·◆·◆

能治愈自己的从来不是任何物质,
而是内心的那份释怀和明白。

◆ ◆ ◆ ◆ ◆ ◆ ◆ ◆ ◆ ◆ ◆ ◆

年轻的时候,我有两个守护天使,它们是坚强和忍耐。
现在它们退休了,又换了另外两个天使在身边:宽容与慈悲。

◆ ◆ ◆ ◆ ◆ ◆ ◆ ◆ ◆ ◆ ◆ ◆

教育孩子就像牵着一只蜗牛在散步。和孩子一起走过他的孩提时代和青春岁月,虽然也有被气疯和失去耐心的时候,然而,孩子却在不知不觉中向我们展示了生命中最初最美好的一面。
孩子的眼光是率真的,孩子的视角是独特的,家长不妨放慢脚步,把自己主观的想法放在一边,陪着孩子静静体味生活的滋味,倾听孩子内心声音在俗世的回响,给自己留一点时间。
从没完没了的生活里探出头,这其中成就的,何止是孩子。

做自己的光

♦·♦·♦·♦·♦·♦·♦·♦

希望我们每个姑娘,除了自己努力、独立,也要保持对人性的警惕,不要轻易被温柔体贴的表象和"与众不同"的假象所迷惑,在不值得的人身上浪费美好年华。

一个男人的经济能力和事业基础都不差,这个人势必也不会差到哪里。如果只有一味花言巧语讨女孩欢喜,自己一事无成,一无是处,在任何领域都没有自己凸显的优势,这样的男人还是远离为好。

五月

喜欢夏天的风、蝉的鸣叫,
更喜欢在这里邂逅清新的你。

做自己的光

不管现在的你正满怀遗憾,还是踌躇满志。过去的时光已经一去不复返了。我们能做的,是过好当下的每一天。

如果无处可逃,不如喜悦。如果没有顺心,不如静心。如果没有如愿,不如释然。生活有考验和艰难,也有惊喜和希望。有时候会乌云密布,但也会晴空万里。

祝你在崭新的五月:能吃得下生活的苦,也能品味到生活的甜。不依附别人,不委屈自己。

✦✦✦✦✦✦✦✦

心怀浪漫宇宙,也珍惜人间日常。

✦✦✦✦✦✦✦✦

这一生,我们要经历许多事情,而心像一个筛子,在世事颠沛流离中,一些人、一些事就漏掉了。

对于智者来说,他们漏掉的只是别人的过错与不足,他们不会刻

五月

意去记恨一个人,而会记住他人的好和善,并时时充盈自己那颗感恩的心。

宽容、大气的生活会让我们更容易感受到喜乐安然。感恩生命里的每一天。

❖·❖·❖·❖·❖·❖·❖

如果有人利用你的柔软攻击你,利用你的善良欺负你,利用你的宽容践踏你,请不要哭泣。

你的柔软、善良、宽容是你值得拥有更好生活的资本,也是你立于这世界真实的支撑。

人活着不是为了证明苦难,而是亲历过黑暗才配拥有光明。

不要为不值得的人浪费你宝贵的泪水,要为爱你的人保留你最好的微笑。

❖·❖·❖·❖·❖·❖·❖

做自己的光

不忘初心,方得始终。
只有走过弯路,才更确信当初最想要的是什么。

✦·✦·✦·✦·✦·✦

这世上无论是谁,都没有平白无故的成功,也没有一帆风顺的坦荡。
再有光芒有成就的人,都是从一件件小事、一天又一天积累起来的。
你所看到的光鲜,都是无数流汗的日日夜夜组成的。

✦·✦·✦·✦·✦·✦

努力是一种生活态度,与年龄无关。
所以,无论什么时候,千万不可放纵自己,给自己找懒散和拖延的借口。
对自己严格一点儿,时间长了,努力便成为一种心理习惯,一种

五月

生活方式。

未必人人都可以做到优秀,但至少可以努力做到比昨天的自己更优秀。记得开心,记得努力。

✦·✦·✦·✦·✦·✦·✦·✦

努力了的才叫梦想,不努力的就是空想。

最怕的就是你什么也不做,还安慰自己是平凡可贵。

只有自己越来越优秀,才会什么都跟着好起来。

激励你坚持前行的不是励志故事,而是充满正能量的自己。

✦·✦·✦·✦·✦·✦·✦·✦

我只愿蓬勃生活在此时此刻,无所谓去哪,无所谓见谁。

那些我将要去的地方,都是我从未谋面的故乡。

以前是以前,现在是现在。

我不能选择怎么生,怎么死;

做自己的光

但我能决定怎么爱,怎么活。

✦·✦·✦·✦·✦·✦·✦·✦

每个人的人生里都会遇到一场措手不及的大雨。
若你身陷雨中,愿有人为你撑伞;如果没有,也愿你有听雨的心情。

✦·✦·✦·✦·✦·✦·✦·✦

活得有尊严不只是穿着光鲜,还有即使尝遍人间疾苦,依然保持向上的态度。
一路走来,每个人都是自己的英雄。

✦·✦·✦·✦·✦·✦·✦·✦

明智的人,会和时间做朋友。
过去属于过去,未来属于希望,只有当下真正属于我们。

五月

活在当下,才能拥有枝繁叶茂的未来。

◆·◆·◆·◆·◆·◆·◆

希望你跟自己和解,希望你别轻易妥协,希望你依然为人着想,但不要再为难受伤。

希望你还是那么的善良,但要学着让智慧增长。

就算生活会让你失望,悲伤成河也要逆流而上。

希望你做什么都不要忘记,别弄丢了最珍贵的你。

希望你知道所愿与所要,明白勇敢的重要。

希望你清楚欲望的煎熬,希望你自由自在地大笑。

◆·◆·◆·◆·◆·◆·◆

不管好人还是坏人,遇到他都是一种特定的缘分。

不管快乐还是痛苦,经历它都是一次蜕变的机会。

做自己的光

◆·◆·◆·◆·◆·◆·◆

我崇拜生命里的真诚，喜欢岁月验证过的友谊和爱情，敬仰与人为善的知己，更感恩生命里不离不弃的任何人。

◆·◆·◆·◆·◆·◆·◆

愿你付出甘之如饴，所得归于欢喜。

◆·◆·◆·◆·◆·◆·◆

你只看到我笑靥如花收获的时候，却从未体会过我累到想哭努力的时候。

每个人所拥有的一切都不是偶然，是无数个不为人知的艰辛付出之后的必然。

一个人最高的情商不是心机，而是替别人着想的善意。

五月

✦✦✦✦✦✦✦✦✦✦✦

喜新厌旧本就是人的本性,唯一要做的就是我们不断调整自己。

换个发型,换种心情。

过得积极是为了生活,活得糊涂是为了快乐。

人生从来没有最好的年龄,只有最好的心境。

在心里种一亩花田,生活便有了诗意。

给生命一处留白,日子便有了闲趣。

心中有景,花香满径。

✦✦✦✦✦✦✦✦✦✦✦

让自己的每一天充实起来,让自己的人生更加充盈。

每一个不曾起舞的日子,都是对生命的辜负。

为了想要的生活悄悄努力变厉害吧,让每个瞬间都在发光。

✦✦✦✦✦✦✦✦✦✦✦

做自己的光

最好的状态就是:
低配你的生活,高配你的灵魂。
年龄只是符号,把生活调到你喜欢的频道,每一段时光都藏着不可复制的美好。

◆·◆·◆·◆·◆·◆·◆

打开手机全是心灵鸡汤,放下手机全是柴米油盐。
不要羡慕任何人的生活,其实谁家的锅底都有灰。
不是别人风光无限,而是他们的一地鸡毛没给别人看。
人生没有幸福不幸福,只有知足不知足。
温饱无虑就是幸事,无病无灾就是福泽。
该赚钱的时候努力赚钱,该休息的时候好好休息。
生活是晨起暮落,日子是柴米油盐。
时光匆匆我们终将释怀:
健康地活着、平静地过着,
开心地笑着、适当地忙着就很好。

五月

生活是枯燥的,

快乐是自己给的。

◆·◆·◆·◆·◆·◆·◆·◆

人人都有苦衷,

事事都有无奈。

不要羡慕别人的辉煌,

也不要嘲笑别人的不幸。

晨起暮落是日子,

奔波忙碌才是人生。

生命是一场盛大的遇见,

每一场遇见都有意义。

第二章

生如夏花

六月

最美好的生活方式是:
和一群志同道合的人,一起奔跑在理想的路上,
回头有一路的故事,低头有坚定的脚步,抬头有清晰的远方。
我喜欢夏天早晨六七点的光,温暖中带着清凉。
感觉生活才刚开始,一切都可以实现。

六月

有时候不得不感慨,时间推着我们往前走。

你有没有回过头,

去看看,曾经那个小朋友——

天真,单纯,又美好。

也许有时候我们因为迫不及待要长大,

而不得不去改变——

变得更好,

也许不再天真。

变得更聪明,

也许不再单纯。

变得更适合这个世界,

是的,你会变成更好更好的人。

只是千万千万,

不要变成无聊的大人。

让我们珍藏一点点纯真,

给自己最在乎的人。

闭上眼睛,翘起唇角,

做自己的光

记忆里的小朋友——

此刻依然美好,

祝福心怀童真的你。

真正的朋友,看上去是各自生活,各自成长,各自独立。

其实,在内心深处的亲密,才是真正的友情和彼此的牵挂与祝福。

✦·✦·✦·✦·✦·✦

要努力做一个可爱的人。不埋怨谁,不嘲笑谁,也不羡慕谁。

阳光下灿烂,风雨中奔跑,做自己的梦,走自己的路。

✦·✦·✦·✦·✦·✦

成熟,不是你能用多大的道理去开导别人,而是你能说服自己去理解身边的人和事。

✦·✦·✦·✦·✦·✦

六月

如果你有愿望,如果你真的还有力量去实行它,我觉得你一定要即刻出发,去实现自己的愿望。

◆·◆·◆·◆·◆·◆·◆·◆

往后的日子里,愿你命里有时终须有,命里无时莫强求。
也愿你,能学会不那么在乎。很多人、很多事,看轻了,烦恼就跑了,伤害也少了。

◆·◆·◆·◆·◆·◆·◆·◆

每个人的身上都有两个自己:一个正面,一个负面。
尝试让积极打败消极,让真诚打败虚伪,让宽容打败计较,让勤奋打败懒惰,让坚强打败脆弱。只要你愿意,你就能做最好的自己。
有一种感动,就是无论你在或不在,一起共事的小伙伴们都在各尽其责、按部就班地做好自己的事情。

做自己的光

每个人都有自己的不易,希望所有正在承受压力的人可以让自己释然一些。

不管来自哪方面的压力,承受太多一定会有倒下的时候。

身体健康才能有资格和能力承受一切。

万物皆有裂缝,那是光照进来的地方。

为什么我们都不希望长大?因为都想像孩子一样轻松快乐。

愿每个人可以拥有最纯真的笑,愿生活善待每个积极努力的人。

人生如戏,相遇是缘。

做一个目中有人、心中有爱、路上有情的人吧!

感恩人生路上所有的相遇，感恩所有善良的人。

哪怕是陌生人一句鼓励的话，一个微笑的眼神，一个感动的瞬间，都要感恩和铭记。

◆◆◆◆◆◆◆◆◆

你要记得那些大雨中为你撑伞的人，帮你挡住外来之物的人，逗你笑的人，和你聊天的人，陪你哭的人，以你为重的人，是这些人组成你生命中一点一滴的温暖，是这些温暖使你成为善良的人。

◆◆◆◆◆◆◆◆◆

我爱做梦，也很敏感，更容易受伤，也有一些多愁善感。一直觉得理想的生活状态是写写文章，弹弹古筝，宅在家里收拾房间，阳光灿烂的日子享受美妙的下午茶，每天可以陪伴孩子们学习玩耍，做一些她们爱吃的菜肴……却不想现实让自己成了女汉子、女强人，我不会撒娇，不习惯依靠别人，有着小女人的外表和像

做自己的光

男人一样的内心承受力。好好努力,晴天阴天,坦然以对。

从前总以为日子很长,时间很慢。

到如今才知道什么叫光阴荏苒,

什么叫岁月匆匆。

人生,本来就像是一本来不及翻的书,

走得最急的都是那些美好的时光。

不是所有的过往,

都能沉淀成美好的故事,

总有些想擦却擦不掉的记忆。

人生的路,终究孤单,

有些路,只能一个人走;

有些人,会在下个路口走散。

都说人和人的相遇是上天的安排,

没有谁会无缘无故,出现在谁的生命里。

六月

每个人的出现绝非偶然,都是缘分。
都是生命里该出现的人,都值得感恩。
从今往后,
心情,说给懂我的人;
感情,留给我爱的人;
感恩,送给陪我的人。

✦·✦·✦·✦·✦·✦·✦·✦·✦

时光总是向前,花儿总是向阳。

✦·✦·✦·✦·✦·✦·✦·✦·✦

你走过的路,会成为回忆里的风景;
你所有的经历,会成为你的财富;
你曾经的负担,会成为你的礼物;
你受过的苦,会照亮你未来的路。

做自己的光

◆·◆·◆·◆·◆·◆·◆

没有不请自来的幸运；
只有有备而来的惊艳。
所谓"好运"，
不过是机会遇到了努力的你。

◆·◆·◆·◆·◆·◆·◆

生命是一场轮回，我们被推着向前走，但对于有些人来说，岁月只是时光雕刻在记忆里的年轮。

无论生活给你什么，都不能丢掉快乐，和对生活最初的热情；无论经历多少，都不能忘记初心。让自己活得快乐，让自己幸福，才是最初的目的。做自己想做的事,爱自己该爱的人,保持好心态,开心快乐，优雅从容。

不负岁月，不负自己……

六月 ☽

余生不长,和不一样的人在一起,就会有不一样的人生。
和优秀的人同行,能帮助你遇见更好的自己。

✦·✦·✦·✦·✦·✦·✦

旋律超级美的一首曲子,那天用古筝练习了很多次都没有弹熟。左手手指快磨出了泡,于是放弃了不再尝试。

忽然想到就像人生,我们看到想到太多自己觉得美好的一切,可需要得到时势必要付出一定的努力和代价。不要羡慕、嫉妒任何人的拥有,因为别人的付出和努力你从未知道。

好好做自己该做的,努力成为你想成为的样子,什么时候都不晚。

加油,每一个有梦想、有目标的你和我。

✦·✦·✦·✦·✦·✦·✦

有哪些事情虽小,但却能看出一个人的品性?

"对无用之人,亦有体贴之心;对无利之事,仍尽分内之责。"深

做自己的光

以为然。

正所谓"成熟的麦子会弯腰"。

稻子成熟就是颗粒饱满之时,这时的稻子总是弯腰向着大地的。

一个成熟的成年人,因为内心充实而笃定,他们不需要通过外界的认可来肯定自己。他们知道世界之大,因而为人总是低调谦卑,做事总是谦逊有礼。

说到底,谦卑不是一种退让,而是一个人强大以后,所展示的一种豁达的处世姿态,和宽厚的胸襟。

所谓谦卑,大概就是做人谦逊,待人有礼。平等地对待遇到的每个人。

在人之上,把别人当人;在人之下,把自己当人。

不高高在上,也不顶礼膜拜,学会尊重别人,也同样尊重自己。

◆◆◆◆◆◆◆

一个人格局大的标志是什么?

低谷时能调整好自己,高处时也能坚守好本心。即便内心波涛汹

六月

涌，表面也是心如止水、云淡风轻。

行走半生，看淡了许多事，看清了许多人。

越往后走，越明白：

不声张，不喧哗，不争辩，自有不动声色的力量。

人生要有不较劲的智慧。

人生之路，不与烂人争辩，别和破事纠缠。

你越是在一件事上与人纠缠不休，后面越是有更坏的情况在等着你。

遇到烂事，退一步，不纠缠才是最好的处理方式。与其为无意义的事较劲，不如专注于自身，过好自己的生活。

做自己的光

成年人的世界谁都不容易。

事业越做越大,承受的压力有多大只有自己最清楚。

一直相信上天会眷顾每一个努力勤奋的人。

即使现在你没有得到想得到的,没有一切如愿,

要相信一定会在特定的时间有最好的安排。

如果你能好,那一定是有人希望你好。

女人最大的底气,不是美貌,不是婚姻,不是孩子,而是:独立。

一个是精神独立,一个是物质独立。

精神独立,可以让你自由;

物质独立,可以让你洒脱。

所以,如果你对目前的生活不满意,那就努力挣钱。

不为了诗与远方,只为了远离那一地鸡毛。

大数据说,

不爱发朋友圈,

不是你成熟了,

当世间美好都无法撼动你,

说明你苍老了。

但是,在我看来,

它与苍老无关。

只是现在的很多人,

既不想抱怨生活中的苦,

也不愿炫耀已拥有的甜。

只想在自己的世界中,

品自己的茶,赏自己的花,

读自己的书,抚自己的琴。

每个人都有自己的了不起。

你的优秀不需要任何人来证明:

做一个平静善良的人,

做一个微笑挂在嘴边、快乐放在心上的人。

做自己的光

若岁月静好,

那就颐养身心;

若时光阴暗,

那就多些历练。

无须强求,

最美好的总会在不经意间出现。

✦·✦·✦·✦·✦·✦·✦·✦

人的磁场很重要:

你感恩,就顺利;

你付出,就得到;

你有爱心,就有人爱你。

一切美好皆源于一颗善良感恩的心。

感恩生命中的相遇相聚。

✦·✦·✦·✦·✦·✦·✦·✦

知世故而不世故，历圆滑而弥天真；

心平能愈三千疾，心静可通万事理。

做自己的光

在这个充满不确定性的世界中,掌握主动权,无疑是非常幸运的事情。

变化太多,我们就主动变化,拥抱未来。

愿你,也能找到属于自己的未来。

◆ ◆ ◆ ◆ ◆ ◆ ◆

愿衣襟带花,岁月风平,深情皆不负,

祝所求皆如愿,所行化坦途。

愿你生如夏花,不负韶华。

愿时光清浅,许你安然。

盼岁月静好,细数流年。

流光半夏,美好日长。

◆ ◆ ◆ ◆ ◆ ◆ ◆

六月

就算世界万般苦，

就算处处不可能，

也要坚定有一些可能真的存在。

不要放弃加油和努力，

要保持乐观的心态，

要看到夜空的流星渔船的灯，

还有陪自己前行的身边人。

终有一天我们会和生活和解，

和自己和解。

磨平一身棱角和喧嚣寂寞告别，

笑着面对曾经的好与坏，

成为一个自由自在安静的人。

◆·◆·◆·◆·◆·◆·◆·◆

生而为人，希望你我都能做到，不轻易评判别人的痛苦，不轻易将恶意施加于人，哪怕是在匿名的互联网上。

做自己的光

愿大家拥有更多包容与爱。

◆·◆·◆·◆·◆·◆·◆

经历都是财富，万事必有美意。

◆·◆·◆·◆·◆·◆·◆

女人的坚强，不是去找个肩膀依靠，而是没人帮助也照样可以走下去。

女人的爱情，并不是找个人无私付出，而是开心地爱并且开心地被爱。

女人的事业，并不是要赚多少钱，而是让自己的人生变得独立而精彩。

其实做人很简单，要么丢掉梦想尊严，不断满足欲望。要么丢掉欲望，去不断满足内心。

女人，最完美的状态就是：

公主柔弱的外表,女王强大的内心!

拥有属于自己的事业,才能成为你想要的自己。

✦·✦·✦·✦·✦·✦·✦·✦·✦

一个女人最好的样子:

有男人的性格,

有女人的性情,

有能力爱自己,

有格局爱他人。

✦·✦·✦·✦·✦·✦·✦·✦·✦

你一定要周而复始地快快乐乐:

接受自己的普通,然后全力以赴地出众。

谋生的路上不抛弃良知,谋爱的路上不放弃尊严。

愿生活不太拥挤,愿美好不期而遇。

做自己的光

愿成长落落大方,枯木逢春不负众望。

女人的美不只是看外表,让自己真正变成由内而外的精致女子是人生的一场修行。

气质不是模仿而来,而是从内心沉淀。好看的皮囊千千万,有气质的女人一眼难忘。

控制好自己的身材和情绪,善良且落落大方。

你要成为一个阳光的人,不是因为要温暖别人,而是在寒风刺骨的时光可以温暖自己。

七月

做一个知足的人,
和时光彼此善待。
完成生活和角色的平衡,
不断期待下一次未知的相遇。

做自己的光

不要低估任何一个时刻,每一分秒都有可能是人生的转折。

就像某些人的出现,如果迟一步,或是早一步,

一切命运都将是另外的样子。

从某种意义上讲,每一个出现在你生命中的人,都是"对的人"。

他们都是帮助我们成长的。

◆·◆·◆·◆·◆·◆·◆·◆

世上最慷慨的人,是肯花时间陪你的人。

谁的时间都有价值,把时间分给了你,

就等于把自己的世界分给了你。

◆·◆·◆·◆·◆·◆·◆·◆

我们到了一个略显尴尬的年纪:

都不再那么年轻了却也没有足够的成长;都想依靠自己却发现还差一点;都想要往前走却发现前路漫漫,前有迷雾后有压力。

可即便迷茫尴尬，时间依旧拖着你。总有些时刻你不再相信了，可在心底你还是会有所追寻。我们都跑不过时间，我们只能跑过昨天的自己。

你要相信善良，然后一定要善良，就能遇见善良。

你怎样，这世界便怎样。你光明，这世界便不黑暗。

❖·❖·❖·❖·❖·❖·❖

如果感受到此时的自己很辛苦，那请告诉自己：

容易走的都是下坡路。

坚持住，你就会有进步。

❖·❖·❖·❖·❖·❖·❖

去经历，去感受，

去做想做的事，去爱想爱的人，

为自己而活的人生才是精彩的。

做自己的光

❖❖❖❖❖❖❖

心有阳光的人，才能给他人带来阳光。

愿你带着温暖，朝着明亮的地方，用力生长。

愿你努力向上，既无人能替，又光芒万丈。

我们都走在寻找归属的路上，为了去遇见与自己相互映衬的同伴。

❖❖❖❖❖❖❖

前行路上不会真的有人一直在你身后。

唯有坚定自己的脚步，

学会独自坦然地面对一切，

才会更加坚强并且游刃有余地收获一切。

❖❖❖❖❖❖❖

七月

有一天,我们真的走进了成年人的世界,穿上了得体的衣服,化上了精致的妆容,才发现,成年人的世界,真的很辛苦。

要工作,要挣钱,要养家,哪个人不是吃尽了生活的苦,流尽了委屈的泪。

成年人的世界里,从来就没有"容易"二字。很多时候,你只能单枪匹马,直面生活的兵荒马乱。

但你要相信,所有的苦与难,一定都有过去的那一天,而你要做的,就是别放弃,熬过去。

岁月静好是片刻,一地鸡毛是日常。

即使世界偶尔薄凉,内心也要繁花似锦。

浅浅喜,静静爱,

深深懂得,淡淡释怀。

望远处的是风景,看近处的才是人生。

唯愿此生,岁月无恙。

做自己的光

只言温暖,不语悲伤。

◆·◆·◆·◆·◆·◆·◆·◆·◆

人生的每一天都是独一无二的限量版。

工作中不断学习,

学习中不断进步,

要做的事情太多,

必须用心努力。

◆·◆·◆·◆·◆·◆·◆·◆·◆

世界上最暖心的一句话,不是你听过多少甜言蜜语,

而是你人生失意时,有人对你说:没事,有我在。

到什么时候都要记住:

相濡以沫的爱人,要在乎。

血脉相连的手足,要守护。

七月

同甘共苦的朋友,要倾注。

暖心暖肺的感情,不辜负。

◆·◆·◆·◆·◆·◆·◆·◆·◆·◆

无所谓好坏,

二十多岁的暴躁狂乱和四十多岁的豁达清晰,

都是时间的礼物。

任何时候都不要赌人性,

原则和底线才是你人品的底色。

厚德,方能载物。

◆·◆·◆·◆·◆·◆·◆·◆·◆·◆

只要,说出的话,

有人愿意听,就是温暖。

只要,心里的事,

做自己的光

有人愿意懂,就是真情。

✦·✦·✦·✦·✦·✦·✦

从不遗憾没有在最好的时光遇见你,

而是遇见你之后,才开始最好的时光。

✦·✦·✦·✦·✦·✦·✦

走得累不累,只有脚知道;

撑得难不难,只有肩知道;

伤得痛不痛,过得好不好,只有心知道。

在这个世界上,

路要自己一步一步走,

事要自己一点一滴做。

留下的脚印,

个中滋味,

七月

只有自己最清楚，

只有自己最明白。

人世间，

如鱼饮水，冷暖自知。

从来就没有什么感同身受，

人生给了你什么样的感悟，

只有自己最清楚。

风雨之中，打伞也要前行，

没地方喊累，没地方流泪。

这就是生活，这就是选择。

成年人的崩溃，

往往以一句没事结尾。

成年后，

懂得了生活的道理，

那就是风雨自己扛。

别人的关心，

可能只是出于礼貌，

做自己的光

不把坏情绪传递给别人，

是对他人的尊重，

也是对自己的克制。

每个人都有自己的悲欢，

最好的方式用爱好疗心，

然后自愈，继续赶路。

◆·◆·◆·◆·◆·◆·◆·◆·◆

女人最好的状态是：

不属于任何人，

不拥有任何人，

不怕失去任何人。

拥有自己，减少期待，好好生活。

把自己留给自己。

受得起风浪，经得起谎言。

看淡一切，依旧善良。

七月

◆·◆·◆·◆·◆·◆·◆·◆

人生就是一场享受过程的修行。

回头看，轻舟已过万重山；

向前看，前路漫漫亦灿灿。

◆·◆·◆·◆·◆·◆·◆·◆·◆

把自己正在做的事情做到极致。

向下生根，向上开花。

新的一天，全力以赴。

生活不会亏待每一个努力的人。

◆·◆·◆·◆·◆·◆·◆·◆·◆

把时间放在床上，成就了体重。

把时间放在书上，成就了智慧。

做自己的光

把时间放在锻炼,成就了健康。

把时间放在勤劳,成就了财富。

把时间放在市场,成就了事业。

把时间放在家庭,成就了亲情。

行动在哪里,收获就在哪里。

心用在哪里,风景就在哪里。

◆·◆·◆·◆·◆·◆·◆·◆·◆

落落大方,好好生活。

远离让你不开心的人和事。

生活里,同行的人比风景更重要。

因为很多时候,同行的人其实就是风景。

变小的圈子,独处的时光。

自律的生活,喜欢的工作。

不去惊艳谁的人生,

只温暖自己的岁月。

七月

❖·❖·❖·❖·❖·❖·❖·❖

当我真正开始爱自己,我睡得越来越早,也越来越喜欢锻炼。

我不再纠结和焦虑,变得自信满满去追求有意义的人和事,并为之燃烧自己的热情。

我发现,人生才真正地开始!

❖·❖·❖·❖·❖·❖·❖·❖

心态胜过年龄,

微笑胜过颜值,

健康胜过金钱,

"三观"胜过城府。

无论经历了什么,

记得带上你的善良和感恩,

去遇见温暖和幸福。

女人挣钱不一定是责任,

但绝对是尊严。

一份收入,带给你的不仅仅是钱,

更是独立的人格、自信的魅力、远大的眼界和开阔的格局。

八月

只要皱纹不长在心里，
我们就永远风华正茂。

做自己的光

爱,需要用心经营,也需要用心守候。

爱,在理解中成长,更在宽容中永恒。

用真交换的爱情,是一种心灵上的拥有。

牵着时光的手,让爱驻留,让情交融,更让心通透。

彼此的体谅让幸福奔走,风雨兼程是一腔柔情,一份与共,更是无悔的默守。

时间会考验感情,更会见证真情,有时候守候的本身就是爱情。

◆◆◆◆◆◆◆

你幸福吗?有人这样问你时,你会怎么回答?

当你不用想幸福是什么的时候,你就已经很幸福了。

◆◆◆◆◆◆◆

给自己一缕阳光,许自己足够的智慧。

知福,惜福。

八月

珍惜那些值得珍惜的人，在乎那些也在乎自己的人，如此足矣。

◆·◆·◆·◆·◆·◆·◆·◆

很喜欢在下着雨的日子，听着音乐，毫无目的地在雨中漫步。

在雨中五彩缤纷的伞的世界里，让自己的思绪飞扬，在雨中回忆，在雨中思念……

很想像个小孩子一样故意踏进积水里，飞溅起水花，留下雨的印记……

◆·◆·◆·◆·◆·◆·◆·◆

小时候，幸福是一件物品，拥有就幸福。

长大后，幸福是一个目标，达到就幸福。

成熟后，发现幸福原来是一种心态，领悟就幸福。

◆·◆·◆·◆·◆·◆·◆·◆

做自己的光

很多时候,哪怕同一个位置和角度,也会有不一样的发现和收获。
只要用心,明确目标,准确定位,不忘初心,方得始终。

♦·♦·♦·♦·♦·♦·♦·♦

所有你羡慕的生活背后,
都有你从未吃过的苦。

♦·♦·♦·♦·♦·♦·♦·♦

每一个懂事淡定的现在,都有一个很傻很天真的过去。
每一个温暖而淡然的如今,都有一个悲伤而不安的曾经。

♦·♦·♦·♦·♦·♦·♦·♦

这个世界没有人有义务对你好,
所以你应该这样想:

八月

那些冷漠刻薄是理所当然,

那些温柔相待才更应珍惜。

✦·✦·✦·✦·✦·✦·✦

愿你既有大人的成熟,也能有孩子的烂漫。

愿你生活不拥挤,笑容不刻意。

知世故而不世故,历圆滑而弥天真。

有一些感情不会随着时间而流逝,只会越沉淀越深刻。

就像有一些城市,无论你是否居住生活,关于那座城的一切回忆

和经历都无法抹去。

✦·✦·✦·✦·✦·✦·✦

童年里阻挡自由的理由是:你还是个孩子;

成年后阻挡自由的理由是:你还有个孩子。

人生不同阶段总可以为自己找到不同理由。

做自己的光

时光静悄悄地流逝,世界上有些人因为忙而感到生活的沉重,而有些人因为闲而活得压抑。

不要说忙就好,也不要说闲着好。时间的可爱之处就在于,它能抚平一切痕迹,将好的或坏的都剥离,只留下一些模糊的痕迹,凭你自己感悟。

人一经长大,就会知道,除了生死,其他一切就是身外之物,不必让种种枷锁束缚了你。

按照自己的想法活着,因为不管活到什么岁数,总有太多思索、烦恼与迷惘缠绕。

悠闲的日子容易过得糊涂,倒是忙碌奔波的日子令人难以忘怀。

其实任何人在经历时都不会知道自己正在经历一生中最幸福的时刻。

世界没有完美,忙碌、闲暇都是最好的安排,不要纠结现实与幸福的距离。

生活从忙到闲,也是一个过程,就是看倦了风景,走累了路,也

八月

愿意停下来闲庭信步，静听风雨。

到了一定的年龄，人生的所有疑惑几乎可以全部浓缩成一个问题：应该如何生活？或许，忙里偷闲，劳逸结合，才是最好的，不沉重也不压抑。

· · · · · · · · · · · ·

不管遇见什么困难，相信办法总会有的。

在工作中，也许你会遇到挫折和低谷，遭遇冷落和不公。

不要自卑，更不要气馁。站在时间的长河来看，这些都是你人生发展中一朵微不足道的小浪花。

跟自己比，向他人学。

自我管理、积极进取的人，不管现阶段在哪，未来都一定不会太差。

遇见问题，解决问题的人，不管你起点多低，未来成就都不会太低。

硬着头皮顶住，你便无人能敌。

永远相信美好的事情即将发生。

人生很长，无论如何，让我们保持信念。

做自己的光

你经历的所有挫折和失败,甚至那些看似毫无意义消磨时间的事情,都将成为你最重要的、最宝贵的财富。
世界会默默奖赏勤奋厚道的人。
所谓无底深渊,下去,也是前程万里。

◆◆◆◆◆◆◆◆

生活各自不易,各人所求不同,各自立场不一。
勿在别人心中修行自己,
勿在自己心中强求别人。
人就是这样,好一下坏一下,高兴一阵痛苦一阵。
在自知冷暖中慢慢学会了隐忍,
在患得患失中悄悄学会了沉默,
在不慌不忙中渐渐学会了坚强。

◆◆◆◆◆◆◆◆

八月

相识，是怦然心动、逐渐懂得。

相知，是彼此接纳、相互珍视。

相守，是共同成长、携手同行。

愿你遇见的爱情，是最好的模样。

也愿你无论身边是否有人相伴，

都别忘了要爱自己。

✦✦✦✦✦✦✦✦✦

真正能给自己撑腰的是：

丰富的知识储备，

足够的经济基础，

持续的情绪稳定，

可控的生活节奏，

和那个打不败的自己。

✦✦✦✦✦✦✦✦✦

做自己的光

不是因为悱恻,所以引经据典。

不是因为年迈,所以怀念昨天。

有些事没有答案,

喜怒哀乐拼出圆满。

不要因为难过,从此倦怠生活。

不要因为寂寞,从此冷冻快乐。

有时候顺其自然,

慢慢你会走出平凡。

有一种感觉叫幸福,

有一种付出叫拥有,

有一种信仰叫宽容,

有一种曲折叫人生。

◆·◆·◆·◆·◆·◆·◆·◆

当你的心中有着一座座更高的山峰想去攀登时,

你大概率就不会在意脚下的泥沼,你才可能用平静的方式,

八月

去面对一般人难以承受的痛苦。

守住自己的内心,守好自己内心的种子。

对待生活和学习要像一个空杯,

始终保持开放、好奇和谦逊,

这样才能不断吸取新知,

丰富自己的人生。

一个人能力再强,也是有限的。

找互补的朋友一起干,更容易成功。

人因梦想而伟大,又因坚持梦想而成长。

成长,步履不停地成长!

原谅所有的不美好,

也是对自己的释怀。

学会放下,

才能坦然。

做自己的光

◆·◆·◆·◆·◆·◆·◆·◆

真正爱你的人就是这样，他能看懂你内心的脆弱，也愿意做你的依靠，知道保护你、心疼你。

身边来来往往很多人，但是真正能对你的处境感同身受的人寥寥无几。

很多时候我们要的不是一句"为你好"，而是"我懂你"。

别看有些人平时坚强，其实他的脆弱，有人心疼；别看有些人大大咧咧，其实他的伤口，有人治愈。

何为般配？就是你所有的样子，我都喜欢。

愿每个人的余生，都有人疼、有人懂。

◆·◆·◆·◆·◆·◆·◆·◆

我想女人这一生，不必挣很多钱，但一定要有挣钱的能力。

不必在某一领域获得巨大的成就，但一定要有独立的思想和自己喜欢做的事情。

八月

这才是一个女人高级的活法。

◆·◆·◆·◆·◆·◆·◆·◆

年龄不是生活的束缚，爱情更不是女人的全部。

人生从不缺少从头再来的勇气，无论是三十岁、四十岁，哪怕到了八十岁，都是如此。

愿你往事不回首，往后不将就。

愿你有敢做自己的胆量，有能做自己的自由。

◆·◆·◆·◆·◆·◆·◆·◆

真正强大的女人：

没有男人的依靠，没有过往的纠缠。

失去曾经的付出，失去一切美好的幻想。

当一个女人主动买单，做事大度，善良真诚，自尊自爱，明明遭受了毁灭性的打击，在外人面前依然一声不吭；明明摔了人生最

做自己的光

狠的一跤,却依然淡定,积极乐观地生活,这样的女人无人能敌!

女人该有的样子应该是:

不乱于心,不困于情,

不缠于物,不嘲笑不羡慕谁,吞下所有委屈,撑大了格局,一边温暖着自己,一边照亮他人。

万事尽心尽力,而后顺其自然。要有十分沉静,九分气质,八分资产,七分现实,三分颜值,两分糊涂,一分自知之明!

当你渐渐把为什么这件事会发生在我身上的想法,

转变成这件事是想教会我什么,

你就会发现,

身边的一切,

都会发生变化。

所以,请记住:

人生没有白走的路,

所有的经历,

不是得到就是学到。

秋日微风

第三章

九月

九月是我最喜欢的月份。

曾经那年的九月,我从女孩成了母亲,也拥有了我的第一个小天使。

让我们一起感受九月的美好和丰盛。

九月

升华爱情的永远不是外表,
而是灵魂的共鸣。
无论你是青春少女还是白发苍苍,
爱一个人,就是爱你的全部。

❖·❖·❖·❖·❖·❖·❖·❖

所谓幸福,就是有一颗感恩的心,一个健康的身体,一份称心的工作,一位深爱你的爱人,一帮值得信赖的朋友。

❖·❖·❖·❖·❖·❖·❖·❖

人最好的状态是:
脸上看起来比实际年龄年轻三五岁,
心理比实际年龄成熟三五岁。
看过了世界的黑暗与痛苦,
却依然相信它的单纯与美好。

做自己的光

勇敢，不是没有害怕，是害怕的时候依然坚持不懈。

喜乐，不是没有忧虑，是忧虑的时候依然乐观向上。

知足，不是没有缺乏，是缺乏的时候依然满心欢喜。

◆·◆·◆·◆·◆·◆

越长大越知道，做事不容易，每个人都有自己的难处，所以也就越不再随随便便发表评论，或者瞧不起谁。

这不是虚伪，而是懂得体谅，愿意和这个世界温柔和解。

每个人因为立场不同，所处的环境不同，很难真正了解对方的感受。我们也没有足够的智慧，去了解清楚别人的喜怒哀乐，去切实体会别人的酸甜苦辣。

不能理解对方的痛苦，怎么劝说、安慰都是徒劳。而有时候很多事情，能被理解，就是最大的安慰。能被理解的孤独，就不那么孤独了。

所以不要轻易地去指责别人。不歧视他人的处世态度，不干扰他人的生活状态，只要不伤天害理，就体谅对方以任何形式存在于

九月

这个社会，以平和的心态去接纳所有看似"不可思议"事物的存在，这才是处世的高贵与灵魂的优雅。

年轻幼稚的时候，看事情总喜欢追求非黑即白的"真理"：

谁是对的，谁是错的，谁聪明，谁很傻。

后来慢慢发现，原来每个人都是不一样的。大家年龄不一样，家庭背景不一样，成长环境不一样，读过的书、认识的人都不一样，吃过的苦头也不一样。

人生的境遇千差万别，我们看待这个世界的角度当然也会不一样，观念和认知上会有很多的不一样。

长大后越来越能体谅到他人生活的不易，也越来越能够理解一些人的选择。

人生是很复杂的，所以看到不同的想法时，哪怕觉得荒谬，也会愿意先认真想一想为什么，而不是脱口一句嘲讽谩骂。

善良且成熟的人，他们愿意对生活中那些小小的错误和无知报以善意。

他们是温柔的，知道关心别人的处境，包容别人的想法。

他们有一颗柔软的心，装得下属于自己的整个世界。

做自己的光

人生真的不容易,我愿体谅你。
也愿小小的我们,都能在这个世界上,
遇到彼此理解的人,勇敢前行,不负余生。

✦·✦·✦·✦·✦·✦·✦·✦

未来这个词听上去就很美好,
可是别忘了:
每一个我们所期待的美好未来,
都必须有一个努力的现在。

✦·✦·✦·✦·✦·✦·✦·✦

时间从来不语,却回答了所有的问题。
岁月从来不言,却鉴定了所有真心。

✦·✦·✦·✦·✦·✦·✦·✦

人生一世,草生一秋。

心中有山河,万里何惧几分秋凉。

与万世言和,与独处相安;

静品人间烟火,闲看万事岁月长。

做自己的光

时间扑面而来,

我们终将释怀。

健康地活着,

平静地过着,

开心地笑着,

适当地忙着,

就很好。

你羡慕别人的美好,

却不知他们在背后付出了多少。

这世上哪有什么天生的幸运,

不过是以往努力的积攒。

当努力到一定的程度,

幸运自会与你不期而遇。

· 九月

一定要和优秀的人在一起，
这样你会更上进。
一定要和正能量的人在一起，
这样你会更阳光。
一定要和心地善良的人在一起，
这样你会更幸运。

◆ ◆ ◆ ◆ ◆ ◆ ◆

所谓清醒，就是不乱于心，深陷泥沼仰望星空。
所谓成熟，就是接受现实，怀揣希望不断前行。
遇到挫折或挑战，有人像鸡蛋坠落到地上碎成一摊，而有人像反弹的球，从高空摔向地面之后弹得更高。
面对不确定性，迅速复原并从中获益，这就是韧性。行动起来缓解自己的焦虑，保持适度焦虑反而是好的，不要过度就好，提升韧性不等于死扛，而是主动地应付。
提升韧性不等于吃苦，而是科学地"寻乐"。

做自己的光

提升韧性不等于习惯养成,而是系统地改变认知和行为。

提升韧性不等于自修,而是在关系连接中共同精进。

让我们持续小赢,收获过程中的幸福感。

◆·◆·◆·◆·◆·◆

给自己一个信仰:

不必一路慌张,

心安神定,

由弱而强。

◆·◆·◆·◆·◆·◆

都说秋天是收获的季节,

可一叶知秋的感觉会让人忍不住心生凄凉,

尽管南方的秋天没有特别明显的季节变化,

却也会很快就到了容易让人感觉孤独的冬天。

九月

加上大部分描述秋天的诗词歌曲都比较伤感,

秋总是带着惆怅,

藏满逝去与不舍。

红尘纷乱终将落幕,

却道天凉好个秋。

我们无法挽留时光,

但可以选择让自己年轻的生活方式。

读书、运动,规律作息,

永葆对生活的热情。

忙忙碌碌却踏踏实实,

认认真真又高高兴兴,

是对生活的热爱,是对季节的钟情。

四季来去,不是每一片云皆可霏霏如烟,

岁月更迭,也不是每一场雨都能温润如初。

天凉好个秋,欲说还休……

做自己的光

✦·✦·✦·✦·✦·✦·✦·✦

读书和赚钱,

是一个人的修行方式。

前者使人不惑,

后者使人不屈。

是谁说女人不容易被了解?对女人来说,分四种人:

我爱的和我不爱的,爱我的和不爱我的。

我爱的,我什么都愿意为他做。

我不爱的,为我做什么都没用。

爱我的,什么都好说话。

不爱我的,我什么都不想跟他说。

✦·✦·✦·✦·✦·✦·✦·✦

自己养自己,是一个女人最好的魅力。

近些年来,"独立"成为越来越多女人追求的生活方式。

九月

现实是残酷的，总会有人对女性天生带着"柔弱"的滤镜，觉得她们生来就需要依赖男人，生儿育女才是她们的工作。

但请不要忘了，每个女人在成为妻子、母亲之前，首先是一个独立的个体。

她们可以有自己的事业和梦想，可以嫁给自己喜欢的人，可以不依靠任何人把自己活成一棵会开花的树，向阳生长。

所以，每一个靠自己辛苦挣钱的女人都是强大的。

这份强大不仅是她们对生活的态度，更是她的热爱，她的坚持，她的勇气，她的人格和灵魂……

所有的独立，都是从经济的独立开始的。

现实生活中，许多女人往往不懂得欣赏自己，尤其是在经济不独立时，自己变得懦弱卑怯，不仅在婚姻里失去尊严，在社会上更是毫无自信。

这也就是为什么我们一直在说女人一定要有养活自己的能力。

自己辛苦赚钱的日子，虽然苦，但很安心。

每个女人心里都明白，感情可能会背叛你，但自己挣来的钱不会。

愿你我都能努力活成强大的自己，都能拥有兜里有钱、身体无病、

做自己的光

心里无事的美满生活。

◆·◆·◆·◆·◆·◆·◆

一个女人无论嫁给谁，都不能弄丢她本身存在的价值。

只有如此，她才有足够的底气，去爱别人，去接受别人的爱。

亲爱的女儿，我祝愿你有足够的资本，配得上你想要的伴侣。

我祝愿你无论是否得偿所愿，都拥有属于自己的精彩。

随着年龄增长，会越发珍惜和孩子们在一起相处的时间，不想错过她们成长的点滴和各个阶段。

不管白天的我们为了工作事业怎样的忙碌，当和孩子们独处或者看着她们熟睡的时刻，内心的柔软和幸福感真的无法用语言表述。

我一直觉得作为女人一定要扮演好自己的角色，每个阶段的重心更应该清楚，所以我一定会平衡工作和陪伴孩子的时间，甚至现在的我开始吃各种保健品，因为深深觉得一定要好好保护自己的身体。健康平安才能强大起来守护她们，陪伴她们。

十月

所遇皆是缘,

所见皆美好。

常怀感恩之心,

随遇皆是温柔。

做自己的光

每个人都有自己的活法,我们没必要去羡慕。

有人看似风光,有人看似窘迫,实际上人家过的也许是另一种生活。

幸福没有标准,快乐也不止一条道路。

自己喜欢的日子,才是最美的日子;

适合自己的活法,才是最好的活法。

◆·◆·◆·◆·◆·◆

人生是一趟单程车,走过的,错过的都不再回来。

不要走得太匆忙,该感受的要充分感受,该珍惜的要好好珍惜。

若干年后,虽然可以旧地重游,可惜一切都已物是人非。

不管什么时候,踏出去的步子一定要坚实而稳重,留下每一个脚印。

人生活的是过程,过程的精彩才是真实的拥有。

◆·◆·◆·◆·◆

十月

去见你想见的人，

去做你想做的事。

趁秋意渐浓，

凉风不冷，

趁我们未老，

愿你在每个早上笑着醒来。

◆·◆·◆·◆·◆·◆·◆

成熟，是你出门总会自己带伞，很少再把自己淋湿；

是你能控制自己的眼泪，很少再把自己感动哭。

成熟是你学会善待自己，照顾好自己。

你逐渐成为独立的个体，而不是将生活侥幸地寄托于外在的一切。

没有人，一定会在雨夜去接你。

没有人，一定会读懂你的心。

◆·◆·◆·◆·◆·◆·◆

做自己的光

什么叫幸福?

每天在学习和成长中的感觉就叫幸福。

何为智慧?

掌握了世界万物发展的规律就是智慧。

人性是什么?

说话让人喜欢,做事让人感动,做人让人想念。

每天开口给什么?

给人希望,给人智慧,给人快乐,给人自信,给人方便。

◆·◆·◆·◆·◆·◆

我们总是喜欢抱怨,说这个世界总是偏袒那些好看的人,说这个世界总是瞧不起又穷又丑的人,但其实不是这样的,其实这句话应该有后半句的。

这个世界总是会偏袒那些好看的人,那些为了好看而努力的人。

这个世界总是瞧不起那些又穷又丑的人,那些不肯让自己变好,那些宁愿自己廉价地活一辈子的人。

我们总以为,

是生活欠我们一个"满意"。

其实,是我们欠生活一个"努力"。

我从来不相信什么懒洋洋的自由,我向往的自由是通过勤奋和努力实现的更广阔的人生,那样的自由才是珍贵的、有价值的。

没有一个活得更好的人生是通过懒惰去实现的。自律,才是人生自由的最初体现。

而所有的开始,不在于以后、明天,而是现在、当下。

祝你越活越自律,人生越过越精彩。

◆·◆·◆·◆·◆·◆·◆·◆

做一个内心有爱,

眼里有光,

灵魂有趣的人。

◆·◆·◆·◆·◆·◆·◆·◆

做自己的光

人生就是由各样的境况组成：

无论好与坏，总是注定发生。

坦然面对，调整心态。

不管顺境或者逆境，

都是人生独一无二的限量版。

人间非净土，

各有各的苦。

同是红尘悲伤客，

莫笑谁是可怜人。

真正的稳定，是自己能力的不断进步和加持，

而不是坐在一张凳子上不断重复昨日的时光。

十月

生活不需要比别人好,

但一定要比从前过得好。

人生幸福的事,不是活得像别人,

而是努力之后活得更像自己。

唯有让自己越来越好才是根本之道。

❖·❖·❖·❖·❖·❖·❖·❖

不要因为 5 分钟的不开心,

就耽误你 23 小时 55 分钟的开心。

❖·❖·❖·❖·❖·❖·❖·❖

你可以不屠龙,

但不能不磨剑。

一个人有本事才是靠得住的财富。

做自己的光

所谓见世面,

不是去某个高级餐厅吃个饭,

也不是去世界各地旅行了一圈,

而是当人性在你面前徐徐展开的时候,

你的那份宁静坦然。

人各有不同,无论遇到什么样的人都不稀奇。

年少时,喜欢和讨厌都是明目张胆的。

对待讨厌的人,

总是忍不住发自内心地抗拒他的一言一行。

忍不住用冷言冷语去回应对方,

甚至会不顾一切地撕破脸。

但是经历的事情多了、看的人多了,

越来越明白：讨厌一个人，真的没有必要翻脸。

最有水平的处理方式是：

不生气，不争不辩，不纠缠。

三观不同，就不必凑合。

层次不同，就不必争辩。

烂人烂事，就不必纠缠。

你只管做好自己，

他人自有他人的浑浊，

你自有自己的皎洁。

在每个无法重来的日子里，对自己好一点。

幸福是养自己的心，不是养别人的眼。

做自己的光

在喜欢你的人那里热爱生活,

在讨厌你的人那里看清世界。

◆·◆·◆·◆·◆·◆·◆·◆

人生诸事如流水落花般自然,

各有渡口各有归舟。

不强求不可得,

不执着已失去。

相信所有的得到,都是恰逢其时。

所有的失去,都将以另一种方式归来。

我们只需尽心活好当下,

那些心中期待的事,

定会开花,

结果。

◆·◆·◆·◆·◆·◆·◆·◆

十月

夜晚,

是犒劳自己、抚慰心灵的时刻。

闲对一朵花,

静对一窗月。

不问秋凉几许,

只于一盏茶。

从容无虑,

自在清喜。

平凡无奇的日常,

其实也藏着无限温柔和惬意。

生活就是一个不断选择的过程。

希望每个阶段的我们,

既能静享生活的闲趣,

又有对未来乘风破浪的勇气。

在细碎的烟火里,

活出精彩的自己。

冬盼春暖,夏盼秋凉。

做自己的光

人一旦有了盼头,生活便充满了希望。

即使前路漫长,也会有清晰的方向。

愿我们奔赴在未来的路上,

既有勇气追逐梦想,

也有抚慰心灵的清喜时光。

且知足,

且向往。

无数个失眠的夜晚,

都是音乐和书籍相伴。

烟火里谋生,

月光下谋爱,

文字里谋心,

音乐里谋魂。

十月

◆·◆·◆·◆·◆·◆·◆·◆·◆

这个雨天,没有文案。

适合听歌,适合想念。

有人赏烟雨,有人嫌雨急。

若一念当下,便即是自在。

有人盼一场雨,有人等几许清风。

有人匆匆来过,有人却驻足雨中。

纵是悄然一场雨,凝落在岁月里。

雨水敲打在车窗,伴随着动人的旋律。

一念秋风起,携着风一起来听属于你的歌。

◆·◆·◆·◆·◆·◆·◆·◆·◆

一室秋灯,

一庭秋雨,

一季秋凉。

做自己的光

不经意间渐浓的秋意，

为草木镀上了金黄。

一场盛世繁花已零落成泥，

却依旧暗香如故。

人生亦如是，

当千帆过尽，

最终留下的便是从容自若的自己。

◆·◆·◆·◆·◆·◆·◆·◆·◆

人生活得简单而高贵的方式，

不是踩压别人，

而是提高自己。

◆·◆·◆·◆·◆·◆·◆·◆·◆

十月

做一个温暖的女孩子，

做自己的梦，

走自己的路，

不嘲笑谁，

也不羡慕谁。

好心情，并不来源于一帆风顺，

而是生长于从容和坚定的勇气中。

✦·✦·✦·✦·✦·✦·✦·✦

永远不要去指责一个你并不了解的女人太强势。

因为你根本不知道，在她孤立无援、需要保护时，她面对的是怎样的冷嘲热讽。她只是咬着牙披上战甲，迎难而上。

一个独来独往的女人，若她不是有狼的野性，那她一定体验过人性暴露的丑陋，经历过信任崩塌的刺骨，独自撑过绝望黑暗的深渊。

未经他人苦，莫劝他人善，独自走过逆境的女人，一个人站在那里便是千军万马。

十一月

我折一根柱枝,
看下午最长的日影,
要等待十一月的回答从微风中吹来。

——林徽因《十一月的小村》

十一月

还没好好感受初秋的凉爽,十月就这样打马而过。

别去感叹时光匆匆了,时间这场有去无回的旅行,好的坏的都是风景。

既然昨天留不住,不如坦然走好脚下路。

给生活一些仪式感,和过去好好告别,和未来慢慢相遇。

无论生活如何刁难,只要撑下去挺得住,眼前的一切艰难都会过去。

人生在世,委屈、辛酸都是难免,重要的是你得翻过去。

推开暗壁,对面总还有蓝天。

如果开头太难,请相信结局圆满。

你只管努力,其他自有安排。

愿你的自律,为你带来好运。

愿你的改变,给你带来机遇。

愿所求皆所愿,前路皆坦途。

做自己的光

真正聪明的,就是务实、稳妥,不空谈,每走一步都掷地有声,有一些长远计划,并且能够为之坚持和努力。

所取得的任何成绩,靠的都不是运气。

而当年龄一点一点赶上来时,我才真正明白:

不怕岁月匆匆,就怕你不够聪明,却还在纸上谈兵。

✦ ✦ ✦ ✦ ✦ ✦ ✦ ✦

冬天不分手是一种修行。即使你遇到了看上去更合适的人,也请坚持到春天,看看自己究竟更爱谁,看看那个扬言爱你一生一世的人是否能够等待。

当爱与不爱的路程太短、步伐太快,我们需要时间停下来梳理浮躁的心境,擦亮眼睛看看路标。

往往,不好与最好结果之间的距离不过是一点点坚持。

等冬天过完再说分手吧。爱可以等待,分手同样需要等待。

如果不幸遇到一个在冬天说分手的男人,痛快甩他两巴掌拍拍手走人,他的心比冬天还冷,你留恋什么呢?

十一月

幸好有冬天，让我们多了一个不分手的理由。

不过啊，真正想分手的人，谁还有那个心境可以平心静气地等待一个冬天呢？恨不得早早把旧人逐出门，新人领回家，然后把酒言欢，共赏雪景。

如果他要走了，就让他走吧，无论是春暖花开，还是寒冬酷暑，分手的痛从来不会因为季节而减轻半分。

如果你在春天失恋过，你会明白，就算山花烂漫，你都觉得那是大自然对你的嘲讽。

最好的办法是让自己坚强起来。仰仗他人的慈悲，最终都是一场空。

那些排山倒海而来的终究也会呼啸而去，只有慢火煨炖的汤才最有滋味儿。

幻想自己是一棵树，在这个冬天以后，枝繁叶茂、苍翠挺拔。

做自己的光

把自己抬得过高,别人未必仰视你。

把自己摆得过低,别人未必尊重你。

没有人是完美的,无须遮掩自己的缺失。

做人要能抬头,更要能低头。

一仰一俯之间,不仅是一个姿势,更是一种态度、一种品质。

逆境时,抬头是一种勇气和信心。

顺境时,低头是一种冷静和低调。

有力争上游的勇气,更要有愿意低头的大气。

◆·◆·◆·◆·◆·◆·◆

关系的远近不是看空间上的距离,

而是看心与心之间的距离。

真心朋友,天涯咫尺;

酒肉之交,咫尺天涯。

◆·◆·◆·◆·◆·◆·◆

十一月

亲爱的你,

记得给自己一个微笑,给自己一个拥抱。

对自己说一声,谢谢你,你辛苦了。

往后余生,

愿我们都能与我们爱的和爱着我们的人度过。

✦·✦·✦·✦·✦·✦·✦

婚姻里最好的状态就是:

既互相扶持,又各自独立,

为着同一个目标而努力奔跑。

✦·✦·✦·✦·✦·✦·✦

正能量是一种习惯,也是一种积累。

当你的思想每天接收的都是正面积极的信息,自然也会被意识带领。

自己的为人处世、心思意念,也自然会心生喜悦。

◆·◆·◆·◆·◆·◆·◆·◆

一个好的企业,
不是一味地教你赚钱,
而是培养你的眼光、格局、信念、情商、生活方式、爱的能力和领导能力。
一个好的领导,
不是宣扬一夜暴富,
而是让你从改变和蜕变自己开始,
拥有爱自己和爱这个世界的能力。

◆·◆·◆·◆·◆·◆·◆·◆

小时候,幸福是一件很简单的事。
长大了,简单是一件很幸福的事。

十一月

来者要惜,去者要放。

人生是一场旅行,不是所有人都会去同一个地方。

路途的邂逅,总是美丽,分手的驿站,总是凄凉。

不管喜与愁,该走的还是要走,该来的终究会来。

人生的旅程,大半是孤单。

懂得珍惜,来的都是美丽;舍得放手,走的不成负担。

对过去,要放;对现在,要惜;对将来,要信。

❖·❖·❖·❖·❖·❖·❖·❖

每天提醒自己:

比别人多一点努力,你就会多一份成绩;

比别人多一点坚持,你就能遇见更好的自己。

❖·❖·❖·❖·❖·❖·❖·❖

做自己的光

愿你不再脆弱到不堪一击,

愿你能强大到无懈可击,

愿你眼中总有光芒,

活成你想要的模样。

新的一天,愿你:

欢笑总是多于悲伤,

喜乐总是多于苦恼。

不烦世事,满心温柔。

❖❖❖❖❖❖❖❖

每个人的心里,都藏着一个了不起的自己。

悄悄酝酿着乐观,培养着豁达,坚持着善良。

只要在路上,就没有到达不了的远方。

❖❖❖❖❖❖❖❖

十一月

生命如同一朵花，花开总有花落时。

快乐是一天，不快乐也是一天。

无论潮起潮落，我自安之若素。

经过岁月的沉淀，慢慢发现，即使你每天会遇到各样的人，但是能真正停留在生命中的没有几个。

懂你的人不用多言，不懂你的人多说无益。

愿以后的生活，眼里全是阳光，笑里全是坦荡。

过往的人放在眼里，重要的人放在心里。

每个人都是一颗闪耀的星星，

不要只看到星星的棱角，

更应该关注到星星的光芒。

做自己的光

◆·◆·◆·◆·◆·◆·◆

让心在繁华过尽，依然温润如初。
带上最美的笑容，且行且珍惜。
你我都应当感激一个人努力的日子，
才可以有那么一段修炼自己的时间，
去渐渐地变成更好的我们。

◆·◆·◆·◆·◆·◆·◆

心怀感恩，所遇皆温柔。
谢谢你，出现在我的生命里。
感谢所有奇妙相遇。
遇见都是天意，
拥有都是幸运。
感谢出现我生命中的每一个你。

十一月

◆·◆·◆·◆·◆·◆·◆·◆·◆·◆·◆

喜欢各种品牌的淡香水,

因为香味里,蕴含着生活各样的美好。

喜欢各种品牌的酒,

因为每一种酒,都能品出人生的百般滋味。

◆·◆·◆·◆·◆·◆·◆·◆·◆·◆·◆

一个自愈力越强的人,

才越有可能接近幸福。

一个心有一片海的人,

于风雨中,笑看风云,

于淡泊中,心静致远。

当你看淡成败得失、恩怨情仇的时候,

反倒顺风顺水、遇难成祥。

做自己的光

◆··◆··◆··◆··◆··◆··◆

好的状态大概就是:

一半烟火,一半清欢。

一半争取,一半随缘。

一半清醒,一半释然。

◆··◆··◆··◆··◆··◆··◆

幸福不会因为你忙碌而匆匆逝去。

当你为了自己的梦想奋斗的时候,

你会因为生命有价值而幸福,

你会因为不断进步而幸福,

你会因为充实而幸福,

你会因为看得更远而幸福,

你也会因为没有虚度年华而幸福。

一声落叶一弦秋风,

十一月

一树枫红一片久等。

一山淡墨一水从容,

一处相思一地月明。

一转眼,繁花已作霜落地。

一低眉,岁月如烟了无痕。

四季流转,旧有旧的沉寂,新有新的期许。

烟火流年,诗意清欢。

寂静于暖,安然于甜。

愿有人与你围炉夜话,

愿有人与你相守相暖。

万物冬藏,时至小雪,

天地初寒,岁月安暖。

做自己的光

眼里看见的世界,都由你内心的世界吸引而来。

心存美好,一切皆善。

◆·◆·◆··◆·◆·◆·◆·◆

生活的质量其实比生命的长度更重要,

每一个人都应合理地愉快地度过每一日。

适量的工作,一定的娱乐,

心中有信仰,生活有盼望。

◆·◆·◆··◆·◆·◆·◆·◆

一叶一枫红,

山水亦从容。

相思伴明月,

执念化秋风。

十一月

◆·◆·◆·◆·◆·◆·◆·◆

谁的生活不是一地鸡毛,

却都在努力地活着。

忘记年龄,讨好自己,

用自己喜欢的方式去生活,

简单点,糊涂点,就会快乐。

◆·◆·◆·◆·◆·◆·◆·◆

时光跌跌撞撞,

季节来来往往。

一个转身埋藏了多少过往,

一眼回眸读懂了多少沧桑。

◆·◆·◆·◆·◆·◆·◆·◆

做自己的光

人生最了不起的四种心境：

痛而不言，

笑而不语，

迷而不失，

惊而不乱。

一起一落是人生，

一喜一忧是心情，

一苦一甜是滋味，

一朝一夕是日子，

一忙一碌是生活。

❖·❖·❖·❖·❖·❖·❖·❖·❖

生活就是这样：

有点忙，

有点苦，

有点累，

十一月

有点烦,

但也有点喜、有点甜。

人生百般滋味,

生活须要笑对。

加油已经说腻了,

愿你拥有随时停留和休息的底气。

◆·◆·◆·◆·◆·◆·◆·◆·◆

生命比我们想象的脆弱。

在有限的生命中,

不仅要尽可能地去爱,

还要尽可能地去表达爱,

争取不留遗憾。

无论你有多少憧憬,

多少雄心壮志,

都要学会珍惜当下。

做自己的光

❖·❖·❖·❖·❖·❖·❖·❖·❖

柴米油盐是生活,

诗酒花茶亦是生活。

这漫漫人生,每个人都有自己的活法。

我愿,始终活在自己的热爱里,

做喜欢的事,过想要的生活,

或许一生烟火素淡,平凡无为。

但只要我喜欢,一切都值得。

生命几许,遵从自己,

悦心悦己,自在欢喜。

❖·❖·❖·❖·❖·❖·❖·❖·❖

忙而有度,

闲而有趣。

在琐碎的日子里,

十一月

想办法取悦自己。

◆·◆·◆·◆·◆·◆·◆·◆·◆

人生的本质就是一个人活着,

不要对别人心存太多期待。

我们总是想要找到能为自己分担痛苦和悲伤的人。

可大多时候,我们那些惊天动地的伤痛,

在别人眼里不过是随手拂过的尘埃。

或许成年人的孤独就是悲喜自渡,

而这也正是我们难得的自由。

独处不仅是一种能力,

更是一种难得的享受。

在独处中慢慢学会一个人思考人生、感悟人生,

让内心慢慢变得强大而平和。

学会不以物喜,不以己悲,

独处是一种自由的境界。

安静，自在，舒心。

回归一个真实的自己：

一个人在独处时能成为自己，

一个人在独处时能完全做自己，

一个人在独处时能获得自由。

人生如秋，

一半温暖，一半薄凉。

冷暖浮生，安守一份内心的平静，

淡然面对生命的绽放与凋零。

无论是逆风还是顺境，

都要心怀美好。

从容地过好这一生。

世上从没有真正的捷径。

所有的捷径，都需要用成倍的代价来买单。

想要走得长远，

三观得比五官更正，

思想得比套路更深。

十一月

♦ ♦ ♦ ♦ ♦ ♦ ♦ ♦ ♦ ♦ ♦

人生在世,

年龄的老去是必然的。

唯有保持一颗不老的心,

通透地生活,

才能活成不怕老、不会老的人。

愿我们都能在未来的日子里,

与平庸的生活和解,

与美好的自己不期而遇。

♦ ♦ ♦ ♦ ♦ ♦ ♦ ♦ ♦ ♦ ♦

此刻一点睡意没有,刚和闺蜜通完电话。

凌晨一点还在聊工作,是我的常态。因为身边的人信任我,这份信任弥足珍贵、价值无限。

我通常会在睡前梳理整天的电话和信息,每次回头翻看都是满满

做自己的光

的感恩和感动。想想自己何德何能，身边有那么多超级有能量的人，总会主动提出有什么可以帮我。

上周在杭州出差，接到北京有位姐姐的电话。她告诉我，看到努力用心、坚定踏实做事的我，很是疼惜，很想为我做些事情。

隔着屏幕我的眼泪止不住流，说实话现在的我不在乎赚钱多少，更在意可以成就多少事情。

我坚信事情做好才能有更多收获——这份初心一直牢记心中。

如果你能够感受到美好的优秀的我，那是因为我身边有太多更美好更优秀的人。如果你感受到还有很多不足和缺憾的我，那是因为我自己还需要更加努力地向身边的人好好学习。

善待身边的每一个人，欣赏接触的每一个人。

感恩每一场恰逢其时的相遇，因为每一份遇见，

都难能可贵，都值得铭记。

◆◆◆◆◆◆◆◆

回京偶遇今冬初雪，

十一月

一切都是最好的安排。

无论十年二十年的老友,

还是结缘不久的新识,

每个人出现在自己的生命中,

都是一种恩赐。

听说初雪许愿会成真,

瑞雪预示着好兆头。

今天,我默默许下心愿:

唯愿你我健康平安,

唯愿世界安宁祥和。

✦·✦·✦·✦·✦·✦·✦

连孩子都知道:

拿东西要踮起脚。

想要得到什么,

先伸出手。

做自己的光

付出不一定有结果,

但是不付出就一定不会得到。

努力的你比谁都要美。

第四章

穿越寒冬擁抱你

十二月

上天赐予我们记忆，

让我们在十二月也能拥有玫瑰。

——［美］艾米·布鲁姆《每一种相遇全都妙不可言》

十二月

有人宠是幸运的,

有人爱是幸福的。

再坚强的女汉子,内心都有小女生情结,

这个十二月连空气都是甜蜜的味道,

谢谢出现在我生命中的每一个你。

✦·✦·✦·✦·✦·✦·✦·✦·✦

再美好的时光,都会浓缩为历史;

再遥远的等待,只要坚持总会到来。

不要等到人生垂暮,

才想起俯拾朝花,

且行且珍惜。

✦·✦·✦·✦·✦·✦·✦·✦·✦

做自己的光

以乐观的心看风雨,你可以看见彩虹;
以悲观的心看蓝天,你可以看见乌云;
以功利的心去慈善,你收获的是交易;
以爱人的心去交易,你收获的是慈善。
高维的人一般相互支持,相互信任,抱团发展;
低维的人一般相互拆台,彼此猜疑,心胸狭隘。
决定一个人成功的首要因素是境界及思维,
光有知识技能也就解决温饱而已。
和一群有同样境界和思维的人一起前行也很重要。

◆·◆·◆·◆·◆·◆·◆·◆

一个人在别人眼里有多么华丽,
在别人看不到的地方就有多么努力。
无论正在经历什么,
都不要轻言放弃,
没有一种坚持会被辜负。

十二月

不后悔，莫过于做好三件事：

一是知道如何选择；

二是明白如何坚持；

三是懂得如何珍惜。

人一辈子很短，好好珍惜，因为每个人的时间越来越少……

不要争执，不要斗气，好好说话，相互理解。

善待亲人，理解朋友，珍惜每一份感情，真心、微笑度过每一天。

一辈子不长，人活着本身就不容易，何苦要为难彼此，下辈子未必能遇上……

所以，看人长处，帮人难处，记人好处。

◆ ◆ ◆ ◆ ◆ ◆ ◆ ◆

这世上，没有谁活得比谁容易。

只是有人在呼天抢地，有人在默默努力。

你不努力，谁也给不了你想要的生活。

做自己的光

你之所以看不见黑暗,

是因为无数勇敢的人,

把黑暗挡在了你看不见的地方。

◆·◆·◆·◆·◆·◆·◆

愿余生独立而自由,

出则风起云涌,

入则贤良安端,

大场面司空见惯,

小日子恬静平淡。

◆·◆·◆·◆·◆·◆·◆

人生的奋斗目标不要太大,认准了一件事情,投入兴趣与热情坚持去做,你就会成功。

面对艰难困苦,懦弱者被磨去棱角,勇敢者将意志品质磨砺得更

十二月

为坚强。

✦·✦·✦·✦·✦·✦·✦·✦·✦

一个人的幸福,不是来自于一个人活成一支队伍,披荆斩棘,所向无敌。
而是,难过有人安慰,脆弱有人依靠,哭完有人拥抱。

✦·✦·✦·✦·✦·✦·✦·✦·✦

我们这一生会遇到很多人,有人教你成熟,有人教你独立。
但最幸运的,是遇到一个让你做回孩子的人。

✦·✦·✦·✦·✦·✦·✦·✦·✦

他会做你的屋檐,为你挡下余生的风雨,
把阳光给你,把明媚给你,

做自己的光

把很多的爱给你,

也把最好的余生给你。

◆·◆·◆·◆·◆·◆·◆

当你告诉身边人,自己患有抑郁症时,

或许旁人只会说:

只怪你不够坚强。

每一个人都有自己的内心世界,

不可能有那么一个人能完全地了解另一个人。

越长大越孤单,

努力地让自己过得开心一点。

让自己在乎的少一点,

只是有那么些时刻想要封闭自我。

可能有些事儿,从来不与人说,

说了也是徒劳。

人,有时只能自己救赎自己。

十二月

就像一个人细细感受电影的情节。

一个人哭，一个人笑。

因为冷暖自知的人生，

没有人会一直陪伴。

记得自己把阳光和美好带进内心，

愿每个人都可以坚强，可以自愈；

愿每个心灵感冒的人都被好好呵护；

愿你我都被美好包围。

✦·◆·✦·◆·✦·◆·✦·◆·✦·

最好的人生：

身上有刺，心中有光。

玫瑰佩戴着锐刺，并没有因此变为荆棘。

它只是保卫自己的春华，不被野兽们踩躏。

往后余生，愿你不取悦、不讨好、不退让。

一个能把每一个今天过好的人，

做自己的光

明天也坏不到哪里去。

对未来的真正慷慨,

就是珍惜当下的一切,

把最卓越的努力献给现在。

◆·◆·◆·◆·◆·◆·◆·◆

"人间的事,只要生机不灭,即使重遭天灾人祸,暂被阻抑,终有抬头的日子。"

是的,经过绝望的至暗时刻,才更懂坚强的意义。

没有一个冬天不会过去,没有一个春天不会来临。

今日冬至,长夜相思日。

岁月正醇时,愿所有的美好和幸福都如约而至。

◆·◆·◆·◆·◆·◆·◆·◆

我们行走在人生的四季里，每个月份都带有独特的色彩。时日有序，光景常新。

做自己的光

不曾辜负过每个朝阳,

不曾荒废过每个深夜。

因为平凡而奋斗,

因为奋斗而不凡。

❖·❖·❖·❖·❖·❖·❖·❖

目光所及之处,

皆是优秀之人。

所以你一定要,

向着光芒之处努力。

❖·❖·❖·❖·❖·❖·❖·❖

成长这一路,就是懂得闭嘴去努力。

知道低调谦逊,

学会强大自己。

十二月

在每一个值得珍惜的日子里,
拼命去成为自己想成为的人。

❖·❖·❖·❖·❖·❖·❖

年末了,
愿时光放缓,
故人不散。
时维冬至,
吉日良时,
待生命里的好事悄然而至。
所有的节日都不是为了礼物,
而是提醒大家不要忘了爱与被爱。

❖·❖·❖·❖·❖·❖·❖

做自己的光

好运气藏在你的实力里,

也藏在不为人知的努力里。

◆·◆·◆·◆·◆·◆·◆·◆·◆

凡事还应该自己用心去感知,

明确自己的目标和方向,

用智慧走自己的路,

清楚自己所想所要所做所为,

把握好自己的方向盘,

才会有不一样的体验和精彩。

◆·◆·◆·◆·◆·◆·◆·◆·◆

轻倚岁月,浅读流年。

一份清浅,时光无恙。

转瞬又走过四季冷暖。

十二月

虽有风霜雨雪袭人,

但求春夏秋冬无忧。

活得极致,心得圆满。

这一年即使偶有不如意,

亦谢谢自己,还在做自己。

清欢如许,淡然努力。

随遇,随安,随喜。

日升日落、花开花谢都是一种重复,

只有热爱生活的人才能领略其中美好。

昨天的风景令人怀念,

明天的风景心怀期待,

今天的风景不该错过。

清风明月也好,烟雨迷蒙也罢,

请给心灵留一个干净的角落。

宠辱不惊,一切得失无关风月,

愿你我迎风而笑,活成自己喜欢的模样。

做自己的光

简单到复杂,是前半生的阅历,

复杂到简单,是后半生的修行。

你简单,世界就是童话;

你复杂,世界就是迷宫。

城市,从来不会因为你是女性,而对你更加温柔。

相反很多时候,女性要想站稳脚跟,往往需要付出比男性更多的努力。

"不管前方的路有多苦,只要走的方向正确,不管多么崎岖不平,都比站在原地更接近幸福。"

十八岁的你漂亮,

不是你漂亮,是十八岁漂亮;

三十岁的你漂亮,

不是三十岁漂亮,是你很漂亮;

四十岁的你依然漂亮,

不是四十岁漂亮,也不是你漂亮,

而是因为,你活得漂亮!

永远记住:

生得漂亮是优势,活得漂亮才是本事。

懵懵懂懂多少岁,忙忙碌碌已然半生。

才发现,

重要的越来越少,剩下的越来越重要。

最难熬的日子都是自己过来的,熬过来以后才明白:

也是那段日子成就了自己。

只有走完必须走的路,才能过想过的生活;

只有熬过无人问津的日子,才能拥抱所谓的诗和远方。

祝福又长大了一岁的自己,往后余生一定会越来越好。

做自己的光

◆·◆·◆·◆·◆·◆·◆·◆

所谓出路，走出去才有路；

所谓困难，困住了才会难。

人生路上，思维认知能力，

往往才是我们的核心竞争力。

这是因为，

思维决定行为，行为决定结局。

想要走出迷茫、打破僵局，

你就得拥有破局的思维，

拥有做人做事的格局。

◆·◆·◆·◆·◆·◆·◆·◆

人和人之间的差距确实很大，经常觉得自己有能力为身边的人做些事情，其实是一种幸运，也是一种幸福。

有的人却觉得免费给别人提供价值是不可思议的。

十二月

我愿意为同频的、值得的人去付出,更愿意先帮助别人后成就自己。

在乌鸦的世界里,天鹅也是有罪的。

不要和重要的人计较不重要的事,不要和不重要的人计较重要的事。

记住:

你的人品是你最好的运气,你的心态是你最好的风水。

✦·✦·✦·✦·✦·✦·✦

冬日最惬意的时光,

围炉,煮茶,任旋律流淌。

天是寒的,茶水是暖心的;

心是静的,岁月是缓慢的。

看着袅袅茶烟,感受轻煮岁月慢煮茶的悠闲。

在这喧嚣尘世里,因着内心的平静,亦有清欢在朝暮之间。

有"北风吹窗琴自动"的寒,

做自己的光

也有"围炉夜话,温酒煮茶"的暖;

有"夜深知雪重,时闻折竹声"的清寂,

也有"两处相思同淋雪,此生也算共白头"的浪漫。

窗外,水瘦山寒;窗内,花香茶暖。

这是唯有冬天,才有的盛大清欢。

◆·◆·◆·◆·◆·◆·◆·◆

东西的消失,有理有据;关系的消失,无缘无故。

来时是情深,走时是缘浅。愿我们接得住美好,也放得下过往。

一个人最好的状态:

不指望谁,不羡慕谁,不嘲笑谁。

默默地努力,活成自己喜欢的样子。

做有用的事,说勇敢的话,

想美好的事,睡安稳的觉。

把时间用在变美和进步上。

前方虽拥堵,但你仍在最佳路线上。

十二月

这一年爱我也是我爱的父亲离开了我们,让我更加明白珍惜当下拥有是多么重要。

这一年生平第一次因为身体状况不舒服,在医院住了十几天,让我更加清楚除了健康平安其他都是浮云。

这一年我结束了十年前就该解决的问题,让我更加懂得要为值得的人去付出一切。

这一年尝尽了生活带给自己的各种酸甜苦辣,个中滋味唯有自己才能深刻体会。

一年又一年,无论好与坏,终究成为过去。

但对自己来说,希望更多的是人生的经历,回想时不留太多遗憾足矣。

谢谢这一年的自己,能够承受各种压力,面对各种问题都可以乐观解决。

谢谢这一年陪伴自己的家人,给予了我最坚强的支持和最温暖的照顾。

做自己的光

谢谢这一年和我一起工作并肩奋斗的战友们,在一起努力拼搏共事的过程不管什么时候都是美好的体验。

谢谢这一年在我生命中出现的每一个你,很感恩也很珍惜我身边的每个人。

让我们把2023年一切美好带走,2024年所有幸运照单全收。

保持心中热爱,奔赴新的一年。

愿你我彼此多喜乐,长安宁,事如愿。

◆ ◆ ◆ ◆ ◆ ◆

今年的最后一天了。

期待跨年,并不是因为最后一天会有多精彩,而是喜欢那种旧年翻篇、一切如新的感觉。

这会让我对未来又重新充满期待,

总觉得遗憾可以弥补,

好运又再次满值,故事才刚刚开始。

一月

一月。

一月是所有的事物,也只是一种事物,例如一扇稳固的门。

一月的寒冷把整个城市封进一个灰色的胶囊里。

一月是好多个瞬间,一月也是一整年。

——[美]帕特里夏·海史密斯《卡罗尔》

做自己的光

新的一年,

我希望:

日子如熹光,温柔又安详。

你我赤诚且勇敢,欣喜也在望。

爱的人,都喜乐如常;

盼的事,都归于心上。

我希望:

未来纯净明朗,命运美好欢畅。

顺顺当当,健健康康。

喜乐安好,岁月无恙。

我希望:

大家都能万事随想。

生活过得活色生香,岁月温柔绵长。

前方,荣光万丈;

身后,温暖一方。

我希望:

人们衣食无忧的同时,更能内心无忧。

头顶的天空永远有星星指路,

脚下的每一段路都不被辜负。

我希望:

一直奔走在自己的热爱里,

过想要的生活,每一份付出都有收获。

万事顺遂,毫无蹉跎。

我希望:

长河悠远,岁月无痕。

大地不老,阳光普照。

山河锦绣,国泰民安。

和顺致祥,幸福美满。

✦·✦·✦·✦·✦·✦·✦

世界上有三种人:

第一种是失败的人,

永远在解决昨天的问题。

做自己的光

第二种是平凡的人，

永远在忙于今天的事情。

第三种是成功的人，

永远在规划明天的梦想。

❖·❖·❖·❖·❖·❖·❖·❖

生活中的放下是智慧。

原谅自己，原谅别人。

只有当内心不再有恶、抱怨，

一切泰然处之，从容不迫。

缓则圆。

❖·❖·❖·❖·❖·❖·❖·❖

人与人之间最大的吸引力，

不是你的容颜，不是你的财富，

一月

也不是你的才华。

而是，你能否给对方温暖和踏实，

以及传递给对方的那份正能量。

肯为别人打伞，

才是一生最大的财富。

人生在世，

并不是充满竞争和利益，

更多的是共赢。

有了这种人格，

才会收获更多物质和精神的双重财富。

表面上看生意越来越难做，

其实是各行业越来越专业了。

淘汰没有信用的、吹牛浮夸的。

留下的是一批真才实干、踏踏实实做事的。

每天有人加入，有人退出。品牌如此，企业如此，各行业也如此。

做自己的光

什么是年轻?

不是没有皱纹的脸,而是没有皱纹的心。

是无论什么时候,都不放弃对世界的探索和热爱。

◆·◆·◆·◆·◆·◆·◆·◆

所谓的勇气和底气,

就是在认清了生活的真相后,

依然热爱它。

◆·◆·◆·◆·◆·◆·◆·◆

原来适合的人,

不是你拼命去追赶的人,

而是在你累的时候,

愿意拉着你一起走的人。

一月

去做你想做的,

趁阳光正好,

趁着现在还年轻,

去追逐你的梦想。

不浪费时间,

不挥霍时光。

不沉迷过去,

不畏惧将来。

当还可以修正过去,

当还可以创造未来,

大胆去追逐,

没有一点努力会白白丢了。

你今日撒下的种子

在你看不见想不到的某日,

悄悄生根发芽。

做自己的光

最近的你还好吗？

每个年纪都有不同的压力，

不要想着熬过这个阶段就好了。

小时候，我们有读书的压力；

长大了，我们有工作的压力；

成年了，我们有生儿育女、赡养老人的压力。

以前读书苦，

凌晨三点还伏在书桌刷题，

也曾以为到了二十多岁人生就会哗一下，

变得美丽壮观一身轻松。

可是人生的功课远没有结束。

比起一时的逃避，

真正持续有效的是让自己拥有抗压的能力。

在理性上分辨轻重缓急，

在感性上情绪自我管理。

一月

允许压力存在,

却无法伤害到你。

为了塑造锻炼你,成为更好的自己。

在不同年纪里,我们依然可以拥有,

山河大海,落日余晖。

加油,每一位正在承受不同压力的你我。

❖·❖·❖·❖·❖·❖·❖·❖

失去,是我们一生无法改变的课题。

随着时间的流逝,

我们注定会失去得越来越多,

也许这才是人生最艰难的行程。

时光荏苒后才明白,

有些东西一吹就散。

❖·❖·❖·❖·❖·❖·❖·❖

做自己的光

脚步不能丈量的地方,文字可以;

眼睛到不了的地方,文字可以。

什么叫诗和远方?就是让自己更辽阔。

读书,就是让自己变得辽阔的一个过程。

在书中,见自己、见天地、见众生。

许多时候,自己可能以为很多看过的书籍都成过眼烟云,

不复记忆,其实它们潜在气质里、在谈吐上、在胸襟中。

趁阳光正好,岁月静好,享受书籍带来的宁静。

时光,

渐行渐远,

而播种下的美好祈愿,

将伴随着我们慢慢圆满。

人生本就是一程花落,一程花开,

诸事自有他的时间和安排。

保持一份平和的心态，且尽力且随缘。

相信所有的美好，就像四季辗转，

都会如期而至，不早不晚。

我们只需一路向暖，

静待花开。

愿你带着祝福和感恩，一路向阳。

躺在床上好好想想，一辈子能相信谁又能依赖谁，一路走来行囊里装满了酸甜苦辣。

学会了沉默，习惯了孤独，懂得了自愈。

当有一天你尝尽了社会的无情，人心的险恶，

你终会明白，别人的屋檐再大，都不如自己有把伞。

◆·◆·◆·◆·◆·◆·◆

人有三样东西是无法隐瞒的：

咳嗽，贫穷和爱，你想隐瞒却欲盖弥彰。

人有三样东西是不该挥霍的：

做自己的光

身体，金钱和爱，你想挥霍却得不偿失。

人有三样东西是无法挽留的：

时间，生命和爱，你想挽留却渐行渐远。

人有三样东西是不该回忆的：

灾难，死亡和爱，你想回忆却苦不堪言。

◆◆◆◆◆◆◆◆

把温柔和浪漫都藏在生活里，

别被情绪包裹，

多看看人间烟火。

◆◆◆◆◆◆◆◆

当你心里装着别人的时候，

整个世界都会对你温柔以待。

一月

◆·◆·◆·◆·◆·◆·◆

生活敬我是个女汉子,

而我心里藏着个弱女子。

生活如果不宠你,

那就自己善待自己。

这一生风雨兼程,

就是为了遇见最好的自己。

二月

一见你，

便觉释然了，

如二月的料峭轻寒，

有了炉香氤氲。

——扎西拉姆·多多《各不相关的二月》

世间所有的相遇都是久别重逢,

爱是一件很美好的事情。

有些记忆,注定无法抹去;

有些人,始终无法替代。

在岁月的长河中,

在时间的流逝中,

总有一天我们的生命,会到达自己期待的终点。

◆··◆··◆··◆··◆··◆··◆

当你不再遇到一点小事就沮丧,

不再心情稍微不好就发朋友圈,

而是仍旧认真工作。

当你懂得多做少怨时,

意味着你开始长大了。

不要感到彷徨和迷茫,按当时的想法去走,可以找到更顽强的自己。

独立地朝着理想走,反正你要的时光都会给你。

做自己的光

◆·◆·◆·◆·◆·◆·◆·◆

当被一个朋友伤害时,

要写在易忘的地方,

风会负责抹去它。

如果被帮助,

我们要把它刻在心里的深处,

那里没什么能抹灭它。

◆·◆·◆·◆·◆·◆·◆·◆

突然好怀念自己做电台主持人的日子,

在话筒后面娓娓道来自己的心情,

用各样的音乐诠释着不同的感触。

电波那一端是无数陌生却有着众多共鸣的听友。

人生的每一段真的都是最美好的,

不论悲与喜、苦与乐,

二月

都不会重来。

◆·◆·◆·◆·◆·◆·◆·◆

世界可以无聊,
但你要有趣。
生活可能不如意,
但你要过得有诗意。

◆·◆·◆·◆·◆·◆·◆·◆

不辜负每一场花开,
善待每一次花落。
用一颗素然的心,
爱着每个美好的今天,
憧憬着每一个想要的明天。

做自己的光

真正的理解是：

允许，接纳，包容，

善待以及真诚。

每个人的成功一定是累积了无数个不为人知的困难，挫折，艰辛和险阻。

它们成就了掌声和光环下的那个自己。

对于梦想的坚持难能可贵，

很多人会羡慕别人所拥有的，

他们却不知你所羡慕的那个人承受了太多常人所无法承受的。

奇迹和幸运一样，

不是求来的，不是拜来的，不是等来的，是争取来的。

真正的奇迹也来自内心的不屈与良善，来自他人的尊重与帮助，来自不懈地努力与追求。

◆·◆·◆·◆·◆·◆·◆·◆

"想要拥有骏马,不用去追它,而是用追马的时间种草。待来年绿草如茵时,自有骏马等着你挑选。"

人这辈子,所谓成功,是活成自己想要的模样;

所谓幸福,是行进在实现梦想的旅途中。

一直仰仗他人的光,只会活在阴影下。

一味渴求他人的爱,只会陷入无尽的迷茫。

所以,我们得努力做自己的太阳。

发出属于自己的光芒,温暖一年四季,照亮漫漫前路;

学着与山川相随、与湖海为伴,独立、自信、热情、勇敢。

◆·◆·◆·◆·◆·◆·◆·◆

做自己的光

人生下半场，学着将心比心，
守好心底的温暖，才能收获更多的福气。

◆·◆·◆·◆·◆·◆·◆·◆·◆

成功团队必备的基本要素：
信任，沟通，尊重，快乐。
开心工作，快乐生活。
不负岁月，不负自己。
一群人，成就更多事。

◆·◆·◆·◆·◆·◆·◆·◆·◆

如若满愿，勿忘感恩。
如若未满，记得随缘。
尽责，尽心，尽力去达到所求；
大度，平常，宽心去释怀未得。

二月

世间无法复制的是时间,

不能重来的是人生。

每一天的生活虽平常,

每一个瞬间却都珍贵。

愿爱着的人,继续爱。

愿错爱的人,还有勇气爱。

愿未寻得爱的人,仍相信爱。

愿你走遍千山万水,

仍不染岁月风尘。

愿你看遍世间冷暖,

仍相信爱与美好。

做自己的光

只要心中有爱,内心永远会繁花似锦。

愿每一个你,都可以被爱包围着、温暖着。

◆·◆·◆·◆·◆·◆·◆·◆

人生不如意的时候是上天给的长假,

这个时候就应该好好享受假期。

当突然有一天假期结束时来运转,

人生才真正开始。

没有幸不幸福,

只有知不知足。

温饱无忧是幸事,

无病无灾是福泽。

至于其他,

有则锦上添花,

无则依旧风华。

◆··◆··◆··◆··◆··◆··◆

一个人最高级的炫耀,是你这一生拒绝过什么。

你能拒绝的东西里,藏着你不随波逐流的性格,

和内心深处不为人知的骄傲。

一个干净的人,并非不食人间烟火、不染世俗,

而是灵魂深处有净土,思想背后有初心,

坚守良知和道义,

有所为,有所不为。

◆··◆··◆··◆··◆··◆··◆

过去的、过不去的,

终将都会过去。

那些你想不通、看不透,

理不清、忘不掉,

放不下的往事,

做自己的光

到最后，

岁月都会替你轻描淡写。

你熬得过山重水复，

岁月自会赠你柳暗花明。

◆·◆·◆·◆·◆·◆·◆·◆

终不是那八面玲珑的女子，

讨不了那四海八荒的喜。

只落得围一炉寂静的烟火，

与独处相安，与万事言和。

以文字，以音乐，

以花香浅草，以温暖纯良。

◆·◆·◆·◆·◆·◆·◆·◆

这个世界上真的没有什么捷径可走。

唯一的捷径,就是你要认真努力做好自己该做的事情。

一言一行,可辨人品。

一朝一夕,可见人心。

人与人最好的交往,

必定是带着善意穿过人海。

希望我们对一些人的包容和体谅,

不是助长对方在错误的道路上越走越远,

用最真诚的心待人,

做个真诚而善意的人才最可贵。

✦·✦·✦·✦·✦·✦

世上并没有那么多坏人,

多数时候只是在负面情绪下表现出来的举止言行而已。

真正的善良,

其实是从管理自己的情绪开始的。

做自己的光

比起以前,

更喜欢现在的自己。

虽然多了岁月的痕迹,

但让我明白了很多事,

也看清了很多人。

慢慢学会了接受与放下,

接受生活中的一地鸡毛,

放下心中的执念与得失。

时间在走,

人也在变。

只有开手动挡车的人,

才知道一路走来都是离合。

挡位不对,

加再多的油都没用。

放错了挡,

一不小心就会熄火。

尽力之后,选择随缘。

人的手就那么大,

握不住的东西太多了,

要学会与自己和解。

◆·◆·◆·◆·◆·◆·◆

滑雪和投资竟有许多相似之处:

都需要时刻把握平衡,

既要盯着脚下又要看到远方。

在一张一弛间把握节奏,

凭借某种趋势求得加速度,

最关键的是都要保持内心的从容。

◆·◆·◆·◆·◆·◆·◆

做自己的光

生活久了，慢慢就发现，好多话，要么是没人可说了，要么是没必要说了。

纵使心中有千千结万万绕，最终只能一个人一口酒闷了。

生活的琐碎，吐出来矫情，咽下去辣嗓子，百般委屈涌上心头，话到嘴边，又觉得不值一提。

生活就是这样，又难过，又难说。

藏在心底的话并不是故意要去隐瞒，只是并不是所有的疼痛都能呐喊。

时间是最好的魔法师，在它的手里，每个人都在不知不觉的改变中悄悄成长。

当我们咽下所有委屈，磨平一身棱角，笑对一切人和事，就已默默蜕变成一个不动声色的人了。

在这个社会里，生命原本脆弱，但我们必须坚强地活着。

生命原本孤独，但世界一样拥挤。

没有人能像白纸一样没有故事。

所有的故事都有一个共同的名字——"成长的代价"。

人生中，有些伤痛，何可言，何能言，何必言；有些事情，不可说，不能说，也不必说。只有自己懂，沉默并不是无话可说，而是一言难尽。

成年人的世界，连崩溃都是静音的，什么事都是自己默默承受，然后默默自愈。

成熟，在一定程度上，不是学会表达，而是学会了咽下。

人就这么一辈子，欲望就像手中的沙子，握得越紧，失去得越多。

人生中很多难，难在放不开；生活中很多苦，苦在执迷不悟。

学会放手，甘愿舍弃，才能真正得到。

所以，从外打破是压力，从内打破是成长。

当你一点一点学会克制住很多东西，才能驾驭好人生。

✦✦✦✦✦✦✦✦

人生就是场修行，天不渡人，唯有自渡。渡人先渡己，渡己先渡心。

心若强大，则无坚不摧。人生中太多的意外和风险，终会使我们在自渡中变得强大。

所谓："自古雄才多磨难，从来纨绔少伟男。"

做自己的光

当我们独自扛过心中的万丈迷津，熬过所有的累，咽下所有的心酸，才能闲听花开花落，坐看云卷云舒。

所以，烦心的时候，记住三句话：

一句"算了吧"，凡事努力但不可执着。

一句"不要紧"，凡事努力了就无怨悔。

一句"会过去"，明媚阳光总在风雨后。

岁月赠予我们花香的同时，也将泥泞一并附赠了。

熬过来，就是峰回路转，柳暗花明。

所以，把不想做的事做好，把看不起的人看起，把咽不下的气咽下，把想骂的话收回，把放纵的心收起。

当你变得优秀时，你想要的都会来找你。

当你足够光芒四射时，任何事物都将无法遮挡。

人生没有彩排，每一场都是现场直播。

过什么样的生活，走什么样的路，全靠自己的努力和选择。

所以，努力提升自己吧，这样你的人生会越来越好。

人活在世上，难免会受到蔑视嘲讽委屈。你大可不必理会，也不必去争执，用努力和时间去证明你的精彩。

告诉自己，人生应该向阳而生，前方有顽石，我要奋力踢开。
要相信，难熬的日子，总会有尽头，别太拘泥于眼前的难过。
打起精神，全力以赴，光明和甘霖将会如期而至。

◆·◆·◆·◆·◆·◆·◆

与人相处的最高智慧，
是学会换到别人立场去考虑问题。
凡事体谅，常怀慈悲，将心比心，
方能长久赢得人心。

◆·◆·◆·◆·◆·◆·◆

能管好自己身材的人，
往往能管理好自己的生活和工作。

◆·◆·◆·◆·◆·◆·◆

做自己的光

身为女人,一定要让自己"活得漂亮":

既能在职场上独当一面,

也能美丽地走过时光,

给世界、自己和家人留下美好的当下。

❖·❖·❖·❖·❖·❖·❖

我们努力的结果,

终将会回报给我们,

只不过可能不是我们最开始期许的样子。

女人最好的状态:

忙时女汉子,

闲时小女人。

别人喜不喜欢没那么重要,

自己喜欢就好。

❖·❖·❖·❖·❖·❖·❖

美好的日子，给你带来快乐。

阴暗的日子，给你带来经验。

不要对生命中的任何一天，怀有遗憾。

◆ ◆ ◆ ◆ ◆ ◆ ◆ ◆

做一个情商高的人，

心中常怀温柔与善意，

真心实意地站在对方角度着想。

你将心比心对他人的理解和尊重，

最终都会加倍地反馈给你。

◆ ◆ ◆ ◆ ◆ ◆ ◆ ◆

生命最好的样子，

是懂得渡生活的难，

也懂得谢时光的暖。

做自己的光

烟火人间，善用其心。
朝朝暮暮，不负良辰。

◆◆◆◆◆◆◆

所谓靠谱，
就是慎言慎行，将事情办得超出预期，
就是不贪不占，懂得推己及人，
就是凡事有交代，件件有着落，事事有回音。
在这个冷峻又善变的时代，人品是人们彼此心灵最后的依赖。
世界变幻莫测，人生技巧无穷，唯有人品永远光芒万丈！
光明磊落，是这个时代最好的通行证。

◆◆◆◆◆◆◆

2023年暑假，我们家出生在香港的南方小金豆就提出要求，希望冬天让姨妈带着去哈尔滨看雪。

于是,圣诞节就有了一场说走就走的冰城之旅。

银装素裹的城市加上哈尔滨的家人李大妈和鹿姐姐的东北式盛情接待,让我们家的南方小金豆乐不思蜀。

没想到回来南方没有几天,突然发现这个冬天最火爆的旅行城市竟然是哈尔滨。

"尔滨",你凭啥这么火?

是你不断推陈出新,赋予了冰雪经济不一样的魅力;

是你细致入微的服务和回应令大家踏实、安心;

是每一个哈尔滨人的热情和一幕幕以真心换真心的故事赋予了一座城最美的风景;

是你用你的热情、温暖与豪放吸引着八方来客,成了全国游客的"朋友"。

有人说,这个冬天的火爆并非偶然,哈尔滨已经做了很久的准备。

每个城市都有吸引人的独特风景,但凭着真诚实在擦亮"名片",应该成为共同的追求。

我们乐见"尔滨"的实在劲儿能感染更多城市,

为文旅市场的加速复苏,再添一把火、带来新气象!

做自己的光

我们也希冀国泰民安,繁荣昌盛!

❖·❖·❖·❖·❖·❖·❖·❖

一个人真正炫耀的东西:

是善良,

是教养,

是包容,

是见过世面的涵养。

向阳而生,

做一个温暖的人,

不卑不亢清澈善良。

❖·❖·❖·❖·❖·❖·❖·❖

厉害的女人有三不:不唠叨,不抱怨,不指责。

"人"有两笔:一撇写前半生,一捺写后半生。

前半生在他人的世界里修行，后半生在自己的世界里自由。

若你前半生失去男人的依靠，失去过往的纠缠，失去曾经的付出，失去一切美好的幻想。

恭喜你，你失去的都是别人世界里的自己。

后半生一定要重新洗牌，成为这个世界的主角，俯瞰众生，宽恕他人，风华自己。

◆◆◆◆◆◆◆

物以类聚，人以群分。

环境造就人，圈子改变人。

想要身体健康，体型优美，就多光顾运动馆；

想要充实大脑，增长知识，就多光顾图书馆。

想让自己进步得快，就多和比自己优秀的人交往。

一个学生有个优秀的同桌，比几个优秀的家教管用得多。

榜样的力量是无穷的。心中有榜样，行动有力量。

净化自己的生活圈子，多和积极乐观正能量的人交往，

做自己的光

远离负能量,让自己变得越来越好。

◆·◆·◆·◆·◆·◆·◆

始终要相信,
自己当下咽下的每一种委屈,
往后都会成为自己日益坚强起来的底气,
让自己的人生变得越来越强大的养料。
只有让自己一心一意,朝着心目当中的方向前进,
我们才能够拥有更加美好的未来。

◆·◆·◆·◆·◆·◆·◆

做自己的"女王",
不卑不亢,不慌不忙。
不必生得惊艳,
但要活得漂亮。

像狮子一样骄傲，

像少女一样温柔。

不迷失方向，

知足且上进，

温柔且坚定。

不管岁月奈我何，

我心依旧少女心。

后记

所遇皆是缘，所见皆美好；常怀感恩之心，所遇皆是温柔。

我曾经历过严重的产前抑郁、产后抑郁和焦虑症，因此深知调整心态、寻找释放压力的途径的重要性，如阅读、欣赏音乐、锻炼和学习等。

更重要的是，我发现疗愈过程中最有效的药是爱：获得爱，给予爱……

不管是身体上还是心理上的疾病，我们都要努力让自己感受到，在这个世界上，我们不是孤军奋战。只要我们的内心足够强大、配合治疗，没有什么是过不去的。

生命只有一次，也不是完全只属于我们自己。健康地活着，踏实地爱着，把握好有限的时间，让生命绽放出应有的光彩，才不失为一种明智。

女人的这一生不容易，尤其对兼顾事业和家庭的女性而言——付出的是常人无法体会的苦累，却也有意想不到的成就感。无法形容自己一天的工作节奏有多快，也无法形容自己一天有多忙碌。

后记

好在,人一旦忙起来,情绪就少了,闲愁杂念就不见了。当一个女人有规划、有目的地忙,她就会逐渐懂得:原来忙碌才是治愈一切的良药。懒散的生活令人无精打采,忙碌的生活使人精力充沛。

人生苦短,忙碌让生命更加丰盈。忙碌的生活中,我们既要有追求星辰大海的勇气,也要有品味诗酒花茶的闲情。披星戴月地忙,是为了可以随时停下来,细品岁月、慢煮生活。在细水长流的烟火寻常里,取舍有度,忙闲相宜,从容于朝夕,安稳于四季。

与此同时,我发自内心地感恩:感恩自己拥有健康平安,感恩自己遇到的每一个人——无论是帮助我的,或是伤害我的。人生本就是成长的过程,每个人出现在你的生命中绝非偶然。我相信一切都是最好的安排,所以无论对人或是对事都心怀感恩,这会让自己变得更加释然。

这么多年来,如果不是妈妈和姐姐作为我的坚强后盾,无论多少个我也会被现实击垮。孩子们在成长中经历了太多个生病的夜晚,在熬夜照顾完她们的第二天,我还必须面对高强度的工作。其实,并不是我有多么强大,而是在前行路上不断践行自己的信念:既然选择了就要面对,既然面对了就要担当。无论男人还是女人,有责任肯付出,用行动证明自己才最重要。

做自己的光

人生就是这样有苦有甜，有悲有喜。无所谓此刻的你正在经历哪种情绪，请坦然地面对它——越是艰难，越要学会深呼吸，给自己的人生留有余地。心态好，则事事好；心放宽，则事事安。生活并非都是繁花锦簇，所有的好不过来自心底的知足。

在面对生活的琐事和事业的压力时，我仍然愿意相信美好，我仍然愿意成为更上进、更美好的自己。忙碌之余，我考取了健康管理师证、全媒体运营师证、营养师证、心理咨询师证……一张张证书都是花费时间和精力的成果。学习知识不仅丰盈了自己，还可以帮助身边的人。

在人生的不同阶段，我选择用文字记录心情，并由此不断提供自己精神力量的支持，我也同样期待这些文字能带给书前的你些许温暖、些许力量、些许希望。

我自知资历尚浅，也有太多需要继续学习完善的，在我身边能够出书、写出好文章的优秀人士很多，只是很感恩我有这样的机会，能把内心想要分享的心得用文字的方式，呈现给每一位看到这本书的朋友。

在此，特别感谢浙江人民出版社各位领导和各位老师的支持，特别感谢本书的责任编辑陈源老师，美编厉琳老师，印务幸天骄老师，市场部发行团队……正因为大家一次次地沟通，一次次地

后记

打磨，才有今天这本书的美好呈现！

感谢好朋友作家水木然老师的引荐，感谢封面画家文祯非老师、插图画家张译心老师的用心之作，感谢为我作序、写推荐的各位挚友……感谢黄奕、左小青、金巧巧在档期排满的情况下，仍然在深夜时分为本书写下真挚的文字；感谢远在澳大利亚悉尼的蒋小涵，尽管有时差却不影响我们彼此之间暖心的交流；感谢曼郦主席在高原反应那么严重的情况下，还惦记着我的新书推荐；感谢洪子晴主席在辛苦出差的飞行途中，不忘给我的新书写推荐；还有在我心中最美好的女神岗岗，和我一遍遍地雕琢呈现给大家的文字。

特别感谢选择我作为母亲的女儿心悦——她写的暖心话语，让我重温了一遍从她出生一直成长到现在的过程，我所付出的用心呵护以及我们之间的彼此陪伴、相互温暖，让我再次感受到了我们之间这份坚定的爱，也使我读后泪流满面——心悦是我人生很重要的一段经历中最直接的见证者，也会是我们走向更美好的未来的亲历者。感谢我的大闺蜜也是"大女儿"Joyce；感谢我的合作拍档以及和我一起工作的部队退伍的小伙伴们，为这本书提供了那么多支持、建议和想法……需要感谢的人太多太多，无法一一提及，但都铭记于心！

做自己的光

其实，我们的人生就像一本书，封面要漂亮，内容要精彩。不管在哪个年纪，我们都要努力活成自己想要的模样！

我也常常在内心自语：

愿你善待自己不再年轻的皮囊；

愿你拥有不会陈旧的有趣灵魂；

愿你活在当下，拥有一生的天真与骄傲。

那就让我们一起，点亮自己、照亮他人，从容不迫地做自己的光！

做自己的光，不需要多亮。

曾受过的伤，会长出翅膀。

做自己的光，悄悄地成长。

逆风的方向，更容易飞翔。

图书在版编目（CIP）数据

做自己的光 / 璟依著. — 杭州：浙江人民出版社，2024.5

ISBN 978-7-213-11391-8

Ⅰ.①做… Ⅱ.①璟… Ⅲ.①散文集—中国—当代 Ⅳ.①I267

中国国家版本馆CIP数据核字(2024)第054462号

做自己的光

ZUO ZIJI DE GUANG

璟依 著

出版发行：浙江人民出版社（杭州市环城北路177号 邮编 310006）
　　　　　市场部电话：(0571) 85061682　85176516
责任编辑：陈　源
营销编辑：张紫懿
责任校对：杨　帆
责任印务：幸天骄
封面设计：厉　琳
电脑制版：浙江新华图文制作有限公司
印　　刷：杭州丰源印刷有限公司
开　　本：880毫米×1230毫米　1/32　　印　张：7.125
字　　数：142千字　　　　　　　　　　插　页：2
版　　次：2024年5月第1版　　　　　　　印　次：2024年5月第1次印刷
书　　号：ISBN 978-7-213-11391-8
定　　价：59.00元

如发现印装质量问题，影响阅读，请与市场部联系调换。